さみしさは彼方

さみしさは彼方

カライモブックスを生きる

奥田直美
奥田順平

岩波書店

さみしさは彼方

奥田直美

五歳になる子が、近ごろ体をかゆがる。お風呂のあとに保湿剤を塗っても夜中にかゆがるので、治療院へゆくと、こちらのほうが合うんじゃないかしら、とべつの保湿剤を出してもらった。お母さんも使えますから、と。

そう、わたしもまた子どもを産んでから、蕁麻疹《じんましん》が出たりかゆかったりと肌が荒れがちで、近ごろは、首と、肩と、左のすねがかゆいのだった。その晩さっそくわたしもその新しい保湿剤を塗って布団に入る。そうしたら、いつもがさがさしてそこに触れる肌着をいやがっていた首と、肩と、左のすねが、しっとりとしておとなしい。少しのわずらわしさと思っていたのに、なんて心地いい。ああこれはどこかで知った心地よさ、と温もってきた布団の中で考える。

もの心ついてしまえば、幼子は幼子なりにたったひとりの生を生きはじめる。親のもとでは心強く安心ではあるけれど、ほんとうはそのさみしさは親だってぬぐえないものだと、いつごろ気づくのだろう。もしかするとはじめから、知っているのかもしれない。普段は忘れているそのさみしさが、目の前の風景や風やにおいに呼応して、体からほどけだしてくるような気持ちを知ったのは、小さな盆地の山裾にある実家のまわりを歩いているときだった。

実家の裏には、山から下りてきた川が流れ、そのまわりに田畑を広げている。たとえばその川べりの道を、夕闇迫るなか犬を連れて歩いているとき。また、うらうらと照る春の日に、浅い緑の芽吹くあぜ道を散歩しているとき。またあるいは、秋のしずかな明るさのなか、人っ子ひとり通らない国道を駅に向かっているとき。そんなとき、わたしのさみしさは体から溶けだして、わたしと世界のすべてをすっぽりくるんだ。ほんとうは川べりの道の石ころと、あぜ道に落ちてくる雲雀の声と、国道から臨む山の赤く色づいた葉っぱと、通いあいたかったけれど、何ものとも通いあえないままわたしはわたしで、ひとりだった。

近ごろは、そんなふうなさみしさを感じることがあまりない。今住むここは常に人の気配がして、道はただ場所と場所を結ぶ、渡り廊下のようにしか感じられないのだ。

さみしさを自覚するには、わが身に触れるものに、みずからをひらいていなければいけない。肌が心地よくなって、みずからの内と外が滑らかにつながったかのような感覚を得たとき、そのことに気づいたのだった。満たされない満たされないと思っていたあのとき、たしかにわたしはさみしさに満たされ、世界にひらかれていたのだろう。では今、何がわたしを閉じ込めているのだろう。何に閉じ込められているのだろう。渡り廊下のような道に、家事や仕事に追われる日々の生活に、あるいはぎゅうぎゅうと押しつぶされそうな世の流れに。いずれにしても、さみしさは彼方にたゆたい、しばらくわたしに帰ってこない。

（『西日本新聞』二〇一六年三月一二日）

はじめに　流されながらも泳いでいくために

奥田直美

「いい名前を考えた、カライモブックスにしよう」。オープンの準備中、夫の順平がそう言ったとき、どうだろうなあといぶかしく思ったのを覚えている。

石牟礼道子さんの文学に惹かれ、水俣や天草に通っていたわたしたちが京都で古本屋を開くことにしたとき、店の名にせめてそのよすがを示したかった。カライモとは、サツマイモを表す当地の言葉で石牟礼文学にもしばしば登場する。ただそれにしてもやっぱり……と思ったのだった。はじめのころ、「カライモブックスです」と口に出すのが気恥ずかしかったような記憶もうっすらとある。

二〇〇九年に京都の西陣で、夫と古本屋をオープンした。細い通りに面した古い長屋の一軒だ。翌年には子どもが生まれ、店舗兼住まいでもあるこの町家で始まった、仕事も家事も育児も切れ目ない一緒くたの日々。入口の、もとは織機《しょっき》の工場だったという土間に本棚を置き、奥には居間と台所。子どもを見ながら店も見るので、たいていその仕切りは開け放たれていて、「仕事も生活も一緒くた」がそのまま形になったような店だった。

店はいつだって暇で、わたしはオープン時から、そして今も書籍の校正の仕事をし、定期刊行物『ちいさい・おおきい・よわい・つよい』（『ち・お』、ジャパンマシニスト社）の編集にも携わった。本屋の仕事、校正や編集仕事、家事、育児が絡みあったり交互になったりしてやってくるようだった。

ところがオープンから一〇年の二〇一九年、引っ越さなければならなくなった。新しいカライモブックスに定めたのは、もとの店舗から自転車で一五分ほどの距離にある、路地の奥の町家。玄関をあがった廊下の突き当たりは、かつて機織《はたお》りがされていた土間で、天井の高い明るいこの場所を店とした。家の中の一室とはいえ、生活スペースとは区切られた構造で、そして子どもも少し成長したから、今度は育児の時間と仕事の時間を切り離しやすくなった。移転後しばらくしてコロナ禍がやってきて、ここではだいぶんひっそりと営業している。以前の店舗で開催していた勉強会「カライモ学校」を再開できればと思いながら、それもほぼ叶わないままだけれど、わたしたちは二〇二三年の春、ここを閉じることにした。次の移転先は、水俣だ。

店と住まいが一緒ということもあるし、休みらしい休みのない自営業ということもあるし、そして出不精ということもあって、感染症流行の前から外に出ることはあまりない。新しい人との出会いの多くは、店舗やオンラインショップのカライモブックスを通したものだ。お客さんも、仕事でつながりのある人も、知人も友人も、それらは滑らかにつながって、切れ目がない。

わたしたちはたいてい家であり仕事場であるここにいて、来てくださるのを、ネットでアクセスしてくださるのを待っている。家族は夫の順平、娘のみっちん、そして、野口さん、Nさん、であるわたしだ。


この本は、そんな生活のなかで、「唐芋通信」ほか、一〇年間にわたしたちが書いてきたものをまとめたものだ。だからここには、わたしたちの日常が映し出されている。ただ、一般的に古本屋の日常として想像されるそれではたぶんない。本屋の仕事についてはほとんど書いていないから。

「唐芋通信」は、わたしたちが出しているフリーペーパーで、創刊は二〇一三年、当初はゲストに寄稿もいただいたが、途中からは家族で書くお便りのような通信になった。この「唐芋通信」に載せていたものは、ときに赤裸々すぎて恥ずかしくもあって、いったいどうしてこういうものを書いてきたかと考えてみれば、毎日二四時間をともにして仕事をし育児をし、社会の動きに揺さぶられながら生活を回していくなかで、自身の思いや状況の整理をすることが、それを切り抜けるのにどうしても必要だったからだ。

わたしたちの普段の生活は、口に出された言葉のやりとりで成り立っているけれど、たとえ自分自身についてであっても、口から出る言葉ではたどりつけない場所があり、直視できないひずみがあるのだと思う。わたしたちが個として、家族として生きていくためには、ときに言葉によって自身に降りていく必要があり、これらはそのために書いた文章だ。

だからやっぱりこの記録は、古本屋のそれではなく、わたしたちカライモブックスの日常を映したものだとしか言いようがない。日々に流されながらも泳いでいくために、降りてつかんでみた言葉なのだと思う。

目次

装丁　納谷衣美

わたしをわたしとして
引き受けようとするときに

光――「唐芋通信」創刊の言葉に代えて

順平

「数値じゃなくて思いを伝えにきました」と、魚や川で暮らす動物の水銀値を説明されるまえに、そう、ジュディ・ダ・シルバさんは言われた。ジュディさんはグラッシーナロウズという名の先住民居留地に暮らしている。川と森とともに。上流にある製紙工場が水銀を含んだ廃水を流していた。この土地は傷つけられた。カナダにも水俣病が起きている。だが、政府はいまだに、水俣病は起きていないと言っている。

はじめて水俣と天草にいったのは二〇〇六年。二〇〇五年に、野口さんに石牟礼さんに恋をしたからだった。お互いに本が好きだというので、おすすめの文庫本を貸しあおうということになった。ぼくは『海辺の生と死』島尾ミホ、野口さんは『苦海浄土』石牟礼道子。そりゃ、もうたまげたわけです。すわっているのに、ねころんでいるみたいに。石牟礼さんの言葉に、石牟礼さんの言葉に親しんでいる野口さんに。さあ、水俣にいこうとなったのは月並みなことだったわけです。いちばんの目的は不知火海《しらぬいかい》を船で渡ることだった。なにより、渡りたかった。光っていた。光っていた。「不知火海はゆりかごですよ」、渡った御所浦島《ごしょうらじま》では、たくさんの言葉を聞いた。今でも覚えている。ずっと聞きたかった言葉だった。もう、ぼくたちは不知火海に夢中になった。一年に三度は水俣と天草に向かった。京都に住んでいたけれど心は不知火海にひたっていた。住みたかった。だけど、住むことはできなかった。支援者にもなれず、研究者にもなれず、思いだけがいっぱいの旅行者だった。

一八歳から故郷が故郷じゃないみたいな気がしていた。しかし、ここだ、ここが生まれたかった故郷だと思い込んだ水俣と天草には住むことができなかった。悩んで、本当は少しだけ悩んで、そうだ、不知火海をつくればいいんだと、二〇〇九年にお互いの故郷の京都で古本屋をはじめた。カライモブックスという名前をつけた。カライモとはサツマイモのことだ、水俣と天草ではそう呼ばれる。ぼくにとってはいちばん愛くるしい言葉のひとつだ。母にこどものころから「あんたは楽なほう楽なほうへばっかり進む」と言われつづけてきているとおり、また逃げたのだ。逃げてよかった、逃げてよかった。本当によかった。あの大嫌いだった京都にも光は海のようにあった。古本屋をはじめてよかったと心の底から思っている。

東京電力福島第一原子力発電所の事故が起きて、愛する水俣が愛されているとは遠い表現で連呼されるようになった。そうしたら、いろんな人がカライモブックスにやってきた。逃げてきたのか。繁盛しない店なのに大繁盛になった、それまではまあ、売れなかった原発・原爆の本、水俣の本、沖縄の本、在日コリアンの本、など売れる売れる。だけど、このブームは三カ月後には終わってしまった。もう、逃げることをやめてしまったのか。それとも、もう、逃げきってしまったのか。

嫌に嫌になって水俣から逃げた。また、逃げた。どこに逃げたのかといえば、中南米だ。実際に逃げてはいない。本のなかでだ、心のなかでだ。まだ、読んで読んで読みまくっている。ここには文学があった、どこまでも逃げることのできる光があった。その光は不知火海をはじめて渡ったときの光と同じように懐かしかった。その光と逃げることについて考えてばかりいたころに、常連のおばあさんに、「わたしたちは年寄りやからね、水俣へいきたいんやけど、遠くて、遠くて。おばあさんばっかりで申し訳ないんやけど、みんな、原発事故が起きて水俣のことが知りたいといきたいと思っているんです。あのう、話してくださらないでしょうか。学者や活動家じゃなくて、あなたたちみたいに普通の人の話が聞きたいんですよ、おばあさんたちは」と、勉強会(本当におばあさんだけだった)に誘ってくださった。

自分じゃない人にはじめて、好きじゃなかった水俣病のことを丁寧に話した。面白くなくてもいいや、と思った。水俣病のことを知って考えて思ってくれなきゃ、ぼくの伝えたいことは、伝わらない、伝えたくない、と。支援者でもなく研究者でもない旅行者が愛している水俣と天草のことを、その光のことを。

逃げることはかっこわるいのだろうか、ぼくはそうは思わない。そして、逃げることは距離だけではない、ぼくたちには身体だけではなく、心がある。心はどこまでも自由だ。逃げる先には何かがある。恐ろしいものかもしれないし、愛おしいものかもしれない。わかっていることは、何かがある、ということだ。光はかならずある、ということだ。

「数値じゃなくて思い」を伝えたい。数値をないがしろにしてはいけない、大切だ。だけど、数値ではなくて数値の奥にある思いに希望はよりそう。思いがあるから光るんだ。光をみたい。きょう、カライモブックスのフリーペーパー「唐芋通信」を創刊する。京都にも光がある、ということをぼくたちは明かす。さあ、逃げよう。


（「唐芋通信」創刊号、二〇一三年一〇月）

風をみる

順平

すごく天気や身体がしんどいときでないかぎり、みっちんと毎日、船岡山を散歩する。みっちんは走るように歩く。なにより風を恐れる。なんでそんなにこわいんや？　と、聞く。「かぜはみえへん」と、言う。よく聞くと、ぼくが言うからだそうだ。風がつよいなあ、とか、風がつめたいなあ、とか、言うからだそうだ。おとうさんは風がみえているのに、みっちんにはみえていないからだという。よくよく聞くと自分だけ風がみえていないと思っているみたいだ。風はおとうさんもみえへんよ、と言っても信じてはもらえない。このくだりを、みっちんが風を感じたときにいつも繰り返す。

自分ひとりだけ風がみえない、と恐れるみっちんの孤独を思うといてもたってもいられなくなる。そして、風はみえへんと思ってんのに風を捉えているみえている、と思い込んでいるやろとみっちんから追及されているような後ろめたい気持ちになっていく。そして、その後ろめたいの奥にいる自分がみえてくる。嫉妬心に気づかないふりをする自分が。

この社会はみえないものをみることはなく、みえにくいものもみることはない、と二〇一一年三月までは思っていた。違った。水俣のことを知ろうとしないのにぼくを褒めてくる人たちがいて、それがもうすごく嫌で、その人たちに、あの日以降、原発と放射性物質のことを言うと、同じく知ろうとしないのに、苦い顔をして、褒めてこなかった。褒められなかったのは、すごくうれしかった。だけど、本当につらい体験だった、しかも幾度も起きた。愕然とした。水俣のことをみない、と思っていたけど違った。みない、という行為もしていない、心の底まで忘れているんだ。忘れているから、みないこともできない。そもそも思いがないから、忘れることもできないのかもしれないが。そう、だからこそ、褒めることしかできなかったのだ。だけど、原発と放射性物質は違った。知ろうとしないのに、思いもないのに、身体で覚えているのか、自分とは関係がないとは思えないのか、わからないけど、ぼくを褒めることができないでいる。とにかく、まだ、忘れていないことだけは間違いない。だけど、どんどん、忘れていく人がふえていくだろう。原発と放射性物質のことを話しても、水俣のときのように、教科書に載っている昔の終わってしまったことを忘れないでえらいねー、と言われるのだろう。こんちくしょうー、腹が立つ。

みえないものをみえない、ともっと大きく思いたい。そして、みえないものをこわい、ともっともっと大きく思いたい。

みっちんは過去のことはすべて「きのう」と言う。朝、起きたときが特にだ。きのう、あったことを、膨大なきのう、膨らみ続けるきのうの思い出を語ってくれる。みっちんにはきのうときょうしかない。明日はまだない。ぼくには一昨日も明日もある。だからこそ、書かなければいけない。言わなくちゃいけない。何度でも思い出さなければいけない。恥ずかしいけど。三〇年後にも、きのうのようにきょうのことを語るために。風をみることは、風にみられることだ。

（「唐芋通信」二号、二〇一四年二月）

なつかしい荒野

直　美

ある文章を読んでいて、唐突に思い出した。そうだ、わたしはひとりなのだ。生まれてこのかたひとりなのだ。わたしの心のなかにはいつだって、風の通らない、おぐらい静かな洞《ほら》があって、わたしはいつだって、ひとりここへ帰ってきた。石牟礼さんの文章を読むのも、自分の心のままの言葉を書くのも、いつもこの洞のなかだったのだ。

ものごころついてから、ずっと当たり前であったことを、いつのまにかすっかり忘れていたことに、ひどく驚いた。たしかに、育児は二四時間待ったなしで、昼間はもちろん、夜中にだって子どもは目を覚まして呼ぶ。生活と生業のことで常に頭はいっぱいだ。

それにしても。なぜ、ひとりを忘れてしまえたのだろう。

子どもが四カ月のときに、原発事故が起きた。放射能汚染の問題は、子どもを育てるわたしにとって大きな恐怖だ。三年経ち、本やインターネットで情報を集めて、日々の生活をひとつずつ吟味し形作ることに慣れてきたように思っているけれど、ほんとうにはまだ何も自分のものにはしていないのかもしれない。今ここで、生きていくこと、子どもを育てていくということ。結局のところ、わたしはまだ情報を前に右往左往しているのかもしれない。

なぜ、ひとりを忘れていたのだろう。原発事故がなくとも、やっぱりわたしは同じように、ひとりを忘れたのだろうか。そうかも、しれない。

とりあえずは、ひとりを取り戻せたことを祝おう。それはわたしが生きていく、唯一の慰めであり、励ましであり、救いだからだ。なんてひろびろと、たっぷりとした気持ち。さあ、ひとりゆこう、おぐらい洞を抱きなおして。わたしの言葉をまた探しはじめよう。洞はひんやりと静かな、なつかしい荒野だ。

（「唐芋通信」二号、二〇一四年二月）

窓

順　平

いま
セシウム１３４かセシウム１３７か、
ヨウ素１３１かヨウ素１３２かヨウ素１３３かヨウ素１３５か、
ストロンチウム８９かストロンチウム９０か、
プルトニウム２３８かプルトニウム２３９かプルトニウム２４０かプルトニウム２４１か、
テルル１２７かテルル１２９かテルル１３１かテルル１３２か、
アンチモン１２７かアンチモン１２９か、
キュリウム２４２か、
イットリウム９１か、

モリブデン９９か、
バリウム１４０か、
プラセオジム１４３か、
ネプツニウム２３９か、
ジルコニウム９５か、
キセノン１３３か、
ルテニウム１０３かルテニウム１０６か、
セリウム１４１かセリウム１４４か、
ネオジム１４７
の
半減期だ

核種は、二〇一一年六月原子力安全・保安院作成「東京電力株式会社福島第一原子力発電所の事故に係る一号機、二号機及び三号機の炉心の状態に関する評価について」の表五「解析で対象とした期間での大気中への放射性物質の放出量の試算値」より。

（「唐芋通信」三号、二〇一四年六月）

わたしの石牟礼道子

直　美

石牟礼道子という作家が好きだ。気がつけば一五年以上、ずっとわたしの拠りどころであると言っていい。

一八歳のときに石牟礼文学に出会った。それは「言葉の秘境から」(『葛のしとね』朝日新聞社／『妣たちの国』講談社文芸文庫所収)というエッセイで、筆者が父の故郷である天草の村を訪ねてゆく途中、山の中で婆さまに出会いもてなしを受ける、というものだった。この世の中は信用ならないと独りごちていたわたしにとって、はじめて触れた石牟礼文学は、こんなふうに土に根ざした言葉があるのだという驚きと喜び、そしてわたしが欲していたのはこういう世界だったのかという発見だった。でも当時のわたしはまわりを信用していなかったから、それはごく個人的なこととして、誰にも言うことはなかった。それがどういうわけだろうか、石牟礼さんの世界を手繰り寄せ手繰り寄せしているうちに、カライモブックスという場所ができた。そこでようやく、石牟礼文学が好きなのだと声を大きくして言うようになった。というよりも、もともと古本に詳しいわけでもないわたしたちが古本屋になった訳を誰かに話そうとすれば、石牟礼文学について触れないわけにはいかなかったのだった。

石牟礼さんのファンだと言いつづけていると、同じように石牟礼文学に惹かれた方が遠くからも足を運んでくださる。そして、石牟礼さんが好きなんです、と言っていただくのだが、それはなんとも心躍る嬉しい瞬間なのに、それどころか同士とさえ思うのに、気の利いた言葉が出ない。そしておっしゃるその方を見れば、その方もなんて続ければよいかわからないふう。お互いに言葉を探しあぐねてひとまずは微笑んでしまう、ということもしばしばだ。きっと皆、わが心の奥底にうち沈んで読まれるのだろう。そう簡単に人に伝える言葉は出てこないのだ。

風向きが少し変わったのは、二〇一一年の大震災のあと。地震、津波、そして原発事故。原発事故後、「水俣病の」水俣が引き合いに出されることが多くなり、そしてその点から石牟礼道子という名前が出されることも増えた。メディアにおいても、来店くださる方の言葉においても。

社会の動きや運動に敏感な人ほど、石牟礼さんのこれまでのお仕事が、現在の日本に大きな意味を持つように思われるのだと思う。わたしもまたそうだ。原発事故後の東電や国のあり方に、水俣病の多くの局面を思い起こさずにいられない。けれどそのようにして石牟礼さんの名前が出されるとき、そのお名前は、なんと言おうか、心なしか堂々と発音されるように聞こえる。たとえ『苦海浄土――わが水俣病』(講談社文庫ほか)がただの公害告発の書として扱われているのでなくても。もしかすると、正しさという薄衣をまとうからかもしれない。そしてそこに、はにかみが隠れてしまうからかもしれない。わたしにとっての石牟礼道子の世界に、ごく薄いもやのような、あるかなきかの違和感が広がるのだ。わたしにとってのそれはやはり、遠い高校生のあの日に出会った、詩であり語りであり、独りの世界に息づく土の言葉。帰りたくて帰りたくて、ゆき着くことのできない光だ。

石牟礼さんの世界について、語る言葉をわたしはいまだ持たない。それでも石牟礼文学が好きだと言いつづけるのは、それはわたしが独り生きている証しであるから。そしてそうであってもやはり、独りを分かちあいたい、衝動があるからだろう。

(「唐芋通信」三号、二〇一四年六月)

みっちん

直　美

まだお腹にいるころから、みっちん、と呼んできた。石牟礼道子さんの幼いころの呼び名からお借りしたもの。生まれてきたその人は、一〇カ月間そう呼んできたため、もうすっかり「みっちん」であり、名前を「道《みち》」とつけた。

石牟礼さんの『あやとりの記』(福音館文庫)は、三つ子の「みっちん」が主人公。わが家のみっちんと、ちょうど同じくらいの年ごろだ。「みっちん」が「火葬場の隠亡の岩殿《いわどん》」や「犬《いん》の仔せっちゃん」や「ヒロム兄《あん》やん」といったなんとも心惹かれる名前をもつ人びと――皆世間のはじっこで生きているような人だ――と交わっていくなか、「山の神さまに近いあのひとたち」とさえも思いを交わしあうようすは、わたしがあこがれずにはおれない、けれどわたしの日常から果てしなく遠い物語だ。

あとがきに「常にそうであるように、自分に読ませる為に書いたのです」とある。主人公は「みっちん」であるし、また「岩殿」や「ヒロム兄やん」には「大好きだった人物の面影がうつされている」(文庫版のためのあとがき)とも書かれてあり、石牟礼さんの体験がもとにあることは確かなのだろうけれど、それでもやはり、ご自身に語り聞かせたかった世界でもあるのだ。

読み終わってあとに残るのは、姿の見えぬものたちの声、気配だ。

るるるるるんるん　るるるるるんるん
ひちりきひちりき　しゃららららーら

ヒョーホホ、ヒョーホホ

このような音で表される気配はいったいどんなふうだろう。それをどのように肌や耳に感じるのだろうか。

田畑のひろがる亀岡盆地の端にある実家から、となりの京都市へ越して六年経つ。ここにあるのは、鴨川や御所、近所には船岡山。そこは意図して残されたゆえ、木々はふるくて大きく、下生えの草は定期的にきれいに刈り取られる。人びとが憩うことも念頭に置いてつくられた居心地のよい空間だ。普段は小さな家々のひしめくあいだから、黒い電線の糸がはりめぐらされた空を眺めているので、たまにそこらへ行けば心はひろびろと風の吹き入るような気持ちになる。ただ、それでもどうしても、満たされないものがあることが近ごろ耐えがたい。

実家では犬を飼っていた。三年前一八歳で死んだその雑種の犬を連れ、家の裏にある川べりの道を散歩に行く。その川は、山から下りてきて山裾を流れ、そして保津川――京都市に入れば桂川と名を変える――に流れ込む。川を臨めば、両岸近くには背の高い草が伸び、水かさはたいてい少なくて、鷺が魚を狙っていたりするのが見えた。川のまわりはほとんどが田畑、そして少しの住宅だ。そのため、その川べりの道を通るのは農作業の軽トラやバイクと、散歩している人間や犬たちしかいない。雑草の生い茂る細いその道の中に、人や犬の足によって踏み固められた轍が、さらに細い道となって二本伸びている。

この川べりの道を、夕方犬を連れて歩く。浅い春のあぜ道にぷっぷと芽吹く小さな草々や花が、毎年同じ竹やぶのかげに咲く赤紫のアザミが、田んぼに水が入ると鳴きはじめる蛙の声が、田んぼのぐるりを真っ赤に染める彼岸花が、冷たい風をはらんで揺れるススキが、わたしの孤独を映さぬことはなく、それらを目で耳で感じることはまた自身を見つめることだった。

点々とある耕作放棄地のあたりには、夏ならば葛の黄緑が、秋が深まればセイタカアワダチソウの濃い黄色が現れる。日常的に人の手の入らなくなったそのようすは、物悲しくもあり、また荒れてゆく里山を目の前にしている焦燥も感じるのだが、それでも里から野へ、あるいは山へ返ろうとするそのさまは、肥大したわたしの自意識をものみこんでゆくような気がして、たとえそこにどんな深刻さがふくまれていようとも、あるいは感傷と言われようとも、それはひとつのカタルシスとも言える気が、たしかにするのだった。

実家の裏山は盆地の東の端にある。家々の向こうに沈むお日さまの最後のかがやきが西の空を染め、東の山の頂がその光を受けて輝く。だんだんと色が移りゆく空に見とれていると、いつのまにか光の当たらなくなったその山裾は、もう夜の衣をまといはじめていた。この道を夕方に犬を連れて歩くのはよい散歩だったが、それは日常生活をうまく送るための息抜きというよりは、あるいはそれを壊しかねない、わたしという存在の根源に染み入る何かがあるもので、だからこそ大切だったのだ。その日常を失った今、その空白をしみじみと感じる。

わたしには、三つ子のみっちんのように「山のあのひとたち」の気配を感じ、思いを交わしあう至福はやってこないだろう。けれど、わたしにとってのあの川べりの道を思うとき、それでもその気配に連なる何かがあったのではないか、あの川べりにこそあったわたしというものがあったのではないか、とも思うのだ。

四年前、子どもを宿したと知ったとき、三つ子のみっちんのように「山のあのひとたち」と交わり過ごす幼年時代を送らせてやりたいと思った。「みっちん」と呼びはじめたのも、そんな思いがまたあったのだった。でもそれは、今から思えば満たされないわが生へのナルシシズムだったのかもしれない。

わが家のみっちん、けっきょく今のところ町育ちで、「山のあのひとたち」からほど遠い生活を送っている。ただそれでもやはり、夜の気配、雷の気配、おばけの気配……気配には敏感だ。昼間は暑いくらいの陽射しのなかを公園で遊んでいて、いつしか夕陽が家々の向こうに隠れたとき。まだまだ夕闇というには遠く、あたりは明るさに包まれているとはいえ、お日さまが一枚薄いカーテンを引いたようだった。それまでさんざん「帰ろう」と呼びかけても見向きもしなかったのに、そのときふとしんとした顔になって、「帰る」と言ったのは、これからやってくる夜の空気を感じ取ったのだろう。今みっちんは、この町でどんな気配のなかを生きているのだろうなと思う。

（『道標』四七号、二〇一四年一二月）

声

順平

三

「アイヌがすきでねえ、北海道をはなれるなんて思ったことはないよ」と、言ったのはシサムの花崎皋平《はなざきこうへい》さん、北海道に移り住んで五一年。八月に札幌に行った。アイヌのきくちゃんと一緒に焼鳥屋で夕ご飯を食っていたときに聞いた声だ。ああ、この声を聞きたかったと知った。

ぼくは、さいきんなんで水俣に暮らせなかったのだろうと考えていた。はじめて不知火海をみたのは、汐見町の金刀比羅宮からだった。水俣駅前のチッソ工場の西端を山のほうへ(国道を歩きたくなかった)と歩いていった。不知火海をみたかった。だけど、歩きたい道を歩きたかった。烏瓜の実の赤さに心を落ちつかせた。ゆっくり歩こう。不知火海がみえそうだった。あの瞬間がずっと続いている。だから、ぼくの心臓は今日も動いている。そして、八年前の夏に水俣に暮らそうと決意した。バイトをやめて、野口さんも仕事をやめて、二人で暮らす場所を探しに、まず天草へ向かった。天草から長島、出水、そして水俣に着いた。だけど、ぼくたちは真剣に暮らす場所を探すことなく流れだした。熊本へ島原へ天草へ獅子島へ水俣へ鹿児島へ奄美大島へ加計呂麻島へ与論島へ徳之島へ鹿児島へ水俣へ八代へ佐世保へ中通島へ奈留島へ久賀島へ福江島へ長崎へ博多へ周防大島へ広島へ出雲へ鳥取へ釜ヶ崎へ奈良へ大津へ。そして、京都へ。三カ月の旅だった。京都は秋になっていた。この流れた三カ月の思い出を野口さんいがいに自分から語ることはそうはないが、この思い出を語ることができないのならば生きてゆけない、そういう旅だった。

水俣には、たくさんの人が水俣病の支援で移り住んできている。そして、支援のためではなく、水俣という大地に人に、希望を感じて移り住む人もいる。たしかに八年前の夏までは、ぼくもそういう気持ちだった。水俣病でくるしむ人をたすけたい、チッソと権力をぶん殴りたい、と考えていた。そして、水俣の大地に人に希望を感じていた。だけど、なんだか流れてしまった。特に強烈な出来事があったわけではなく、なんとなくだ。そして、あんまり記憶がない。なんとなく水俣にきてなんとなく移り住んだ人もたくさんいる。そういう力が水俣にはある。ぼくは意気揚々と水俣にやってきて、なんとなく水俣から流れていった。不思議なもんだなあと思う。

「水俣のどこがそんなによかですか」と、言ったのは石牟礼道子さん。四年まえの初夏。思い出した。返す言葉がなかった。だまってしまった。石牟礼さんはいたずら小僧の表情をして、こまっているぼくの顔をみて笑っていた。今なら、なにか言えるかもしれない。だけど、言えるようなら石牟礼さんは聞いてこないだろうな。

「水俣ん人間は大なり小なり水俣病患者ばい」と、言ったのは水俣のおばさん。八年前の冬。この声は盗み聞き。水俣市役所にチッソ代表取締役会長の後藤舜吉が来るというので市役所にいった。ノーモアミナマタと書かれた幟がいくつかあった。ゼッケンを着た三〇人ぐらいの人が抗議にやってきていた。近くの電話ボックスには小学生がいて電話をしていた。市役所から出てきたおばさんに、ゼッケンを着たおばさんが「あんた、チッソの後藤がくるばい」と声をかけた。その返事が「水俣ん人間は大なり小なり水俣病患者ばい」だった。そう、言っておばさんは抗議には参加せずに歩いていった。ああ、大岡越前が突然出現せんかなあとそのとき願ったことを思い出した。そのころ、野口さんに好みの芸能人は誰なのって聞いたら加藤剛って言われたからだと思う。悪人よ、もう、しらをきるでない。

「島がちいさくなるのは嫌ですばい」と、言ったのは御所浦島(水俣の対岸)のMさん。七月に水俣と御所浦島にいってきた。ずっと、雨だった。たくさんのたいせつな声を聞くことができた。よかった、いってよかった。そのなかでもMさんの声にはとびきり心が動いた。御所浦島は辺野古に米軍基地をつくるための土砂採取予定地になった。ぼくはこのことを知って、御所浦島にいったら聞こうと思っていた。Mさんの答えは「島が小さくなるのは嫌ですばい」だった。化石がとれるから反対(御所浦島は恐竜の化石がたくさんでてきている)とか、米軍基地のためには反対とかではなく、島が小さくなるのが嫌だから反対だと言った。島が小さくなる、こんな目に見えることがぼくには想像できなかった。びっくりした。ほんとにそうだ。自分が暮らす愛しい島が小さくなる、かなしい。こんな当たり前の心をぼくは持っていなかった。ややこしい言葉はいらない。自分の愛する大地が小さくなるのが嫌だ、それでよい。大地とつながる言葉が身体を動かすんだ。次の日、御所浦島から水俣に向かう海上乗合タクシーから土砂採取予定地の山をみた。この山が小さくなる。エンジンと海と風と雨の音が聞こえる。Mさんの顔が頭に浮かんだ。ぼくは涙を流すのを我慢した。

花崎さんの声から三つの声を思い出した。そろそろ、ぼくも声に出してみる。花崎さんのように言ってみる。

「水俣の人がすきでねえ、水俣をはなれるなんて思ったことはないよ」と、言ったのはぼく。だめだ、やっぱり思った通りだ。声が心まで届かない。

ぼくは水俣でひとりになったことはない。いつも野口さんがいた。いつも野口さんがいた。患者さんの話を聞いているときも、野口さんがいた。チャンポンを食っているときも、野口さんがいた。不知火海を目の前にしても、野口さんがいた。京都で水俣を思うときも、野口さんがいた。ああ、京都にいても、野口さんと向き合えば、奥に、野口さんの奥に水俣があった。ぼくの水俣は野口さんの奥にあったのだ。野口さんと向き合ってしか、水俣がなかったのだ。だから、ぼくはこんなに水俣にたいして軽薄だったのだな。そうか、なるほど。見惚れたのは水俣の人ではなく、野口さんだった。あの八年前の記憶のなさは思いっきり恋をしていたからだ。わかった。「野口さんがすきでねえ、水俣をすきなんですよ」と、言ったのはぼく。これだ。ああ、これだ。ぼくは水俣に恋しているのではなく、野口さんに恋しているように水俣に恋しているのだ。「ぼくは、水俣病より水俣がすきで、水俣より野口さんがすきなのだ」と、言ったのはぼく。だんだん、たのしくなっているのは、ぼく。

だけど、いつかひとりで水俣にいきたい。向き合いたい。だけど、暮らしたい暮らしたい暮らしたいって思って思って思い続けているのも悪くないなあとも考える。水俣というのはとっても魅力的な大地だ。たくさんの水俣があってよいのだ。ぼくの水俣はぼくのものだ。

「にんげんなんて、本心いがいどこみるとこある？」と、言ったのはきくちゃん。そうだ、本心いがいどこみるとこあんねん。これにて、終わり。

（「唐芋通信」六号、二〇一五年九月）

死ぬということ

直　美

「しんだら、びょういんにいって　なおすんやろ？」

台所に立つわたしのところへ来て、みっちんがそう言ったのは今年の春ごろだったろうか。みっちんが通う幼稚園の近くには大きな病院があって、救急車が幼稚園の前をよく通る。死んだら救急車に乗って病院へ行って治してもらうと言うのだ。

「死んだらおしまい、もう元には戻らへん」と答えたら、はじめはまるで信じられないというように眼をうろうろさせてわたしを探っていたが、やがてその動きをぴたりと止めて顔を硬直させたかと思うと、眼も口も鼻もへなへなと曲げて泣きださんばかりの表情になった。困ったわたしが頭を抱いてやると、わあーっと声をあげて泣きだしたのだった。

ふだん口にする言葉の端々から、いずれ「死ぬってどういうこと？」と訊かれるだろうなあと思っていたにもかかわらず、ぼんやりしていたわたしには不意打ちだった。なんてなぐさめてよいかわからずに「でも死ぬのはみんな同じ」だとか「自分だけ死なないほうがさみしくて困る」だとか言い繕った。意味はないと知りながらもおろおろとかけた言葉は、ほんとうにただの言い繕いでしかなく、しばらくして泣きやんだものの、みっちんはちっとも納得していなかった。

納得――何にかと言えば、それはおそらく、自分に死があり終わりがあるということに、だろう。赤ん坊だった自分が今四歳で、この秋には五歳になり、いずれ小学校に入る。どんどん大きくなってなんでもできるようになり、大人になっていくのだと思っていたその行く先に、終わりがあるのだと突如知ってしまった、その理不尽さへの恐怖であり怒りなのだと、わたしは思う。それからみっちん、「死ぬ」という言葉を言わなくなった。

みっちんに訊ねられたとき、わたしの頭に浮かんだのは、八年前に死んだ祖母のことだった。調子が悪いと病院へ行った足で入院となり、三カ月の入院ののち、あっという間に亡くなった。胃がんで手の施しようがなかった。最期の数週間、意識は朦朧としてわたしたちの呼びかけにほとんど答えなくなってからも、となりのベッドに呼びかけられる「おじいちゃん」という声に、眼を見開いた。数年来認知症を患っていた祖父の身の回りのことは、それまで祖母がしていたし、自分が祖父を見送るつもりでいたに違いないのだ。わたしはそのときはじめて、このような命の瀬戸際になお、祖母が祖父のことを気がかりに思っていることに思い至った。

祖母の葬儀のあと、祖父母が農作業に使っていた小屋に入ると、いつも祖母が畑で使っていた薄青色の小花柄の腕ぬきが、おそらく三カ月前のある日の作業の終わりに祖母がひっかけたそのままのかたちで、ぽつねんとぶらさがっていたことを今思い出す。

みずからの死の予感が祖母にあったのか、わたしにはわからない。祖父に、家族に、農家として地域とのさまざまなつながりに、気を配りつづけた祖母にとって、自分のからだを顧みる余裕などなかったのではないかと思うけれど、体調の悪さを自覚したとき、はたして死ということは考えたろうか。ただ、あの吊るされたままの腕ぬきと祖父への執着を思い浮かべるとき、死とはみずからの意思のとどかぬ彼方からの引力であると思わずにおれない。どんな気がかりを残そうとも、人はあるとき死なねばならないのだ。ひとり、一切合切をふりすてて。

みっちんはいつのまにかまた、平気な顔で「死ぬ」と口にするようになった。アリはこすると小さくなって死ぬ。セミは七回寝たら死ぬ。ウサギのララちゃんは死んじゃった——。そしてあるとき言った。「しんだらな、とうめいになるんやで」。それがあのとき泣いた「死」を取り込んでの言葉なのかどうか、わたしにはよくわからない。そのけろっと言い放った様子からは、やっぱりよくわかっていないような気も、またする。けれど、死ぬということがどういうことなのか、ほんとうはわたしだってよくわからないのだ。

四歳の春、顔を硬直させたそのときのことを、みっちんはいつか忘れるだろうか。あるいはもう忘れているだろうか。けれどわたしは一生忘れられないだろうなと思う。いつか死ぬ、という事実のはしっこをみっちんがつかまえた、その瞬間を。

（「唐芋通信」六号、二〇一五年九月）

食べる

直美

自分ひとりで生きているときは、いろんなことを気軽に選択していた。基準はわたし、他人は他人だと言ってのけることもたやすかったし、まわりとの摩擦を避けて意見を曲げるのもまた、たやすかった。なんの根拠もない自信に満ちていたなと思う。子どもを育てはじめると、わたしはわたしと言いきれず迷うことが増えた。またいっぽうで曲げられないことも増えた。

子どもを産んで融通が利かなくなったことのひとつに、食べるということがある。子どもを育てるということはつまり、ご飯を食べさせることと言っても過言ではない。それほど食べることは生きることの真ん中を通っていると思う。

食べるものは、たとえば食品添加物や残留農薬の少ないものを、そしておいしいと思うものを口にしたいし、させたいと思う。現在、そんな志向の人は少なくない。けれど食というのは毎日の、どころか三度三度のもので、そのうえ生活の楽しみでもあるから、人それぞれの思いや立場や現実の生活のさまと絡みあい、ひと口に「食べものに気を配っている」といっても千差万別。食べることには、人の数だけそのスタイルがある。

なぜ食べるものに気を配るのかといえば、食べものは心身を形作る基礎だからだ。けれど、もう少し言うならばそこにはたぶん、食べものを選ぶことがみずからが生きる世界への信頼につながるのではないかという期待、あるいは願いがあるのだと思う。

幼いころ、食や自然環境の汚染についてのニュースのいちいちが耳にとまった。たとえば「酸性雨」「森林破壊」「大気汚染」「ポストハーベスト」。これらの言葉が子どものわたしに与えた未来への漠然とした不安の感覚は、今もしみついている。今から考えればそれは、水や空気、食といった生きるために欠かせない、あるいは生そのものからの世界の不信であり不安であって、そのことは幼いわたしに、生きるべき世界はこの手から失われているような感覚を植えつけた気がする。大人になり、ただ不安や不満を抱えているだけではだめなのだと思ってみても、その虚無感はいまだわたしの底にうっすら漂っている。そして二〇一一年に起こった原発事故、そこから広がった放射能汚染は、その不安をまた大きくしたし、この世界にますます居場所がないように思わせた。

そんななかで、食べるものを選ぶということは、みずからの心身を形作るものを自分で決めるということ、そして自分が生きたい世界をこの身に選び取るということだ、と思う。

わが家のみっちんは四歳になり、食べたい、あるいは食べてみたいと思うものが増えてきた。スーパーのお菓子売り場では、買いたいもの、きっとおいしいだろうものを主張する。これまでは適当に(「お菓子を買うお金は持ってない」だとか、「体に悪い」だとか、あるいはただ「今日は買わないお約束」だとか)あしらってきたけれど、少しずつ食べものについてのわたしの思いを伝えてみようと、話しはじめている。心身健やかに生きてゆけるように、そしてまた、子どものころわたしが世界に絶望したような思いに、いつかこの子がとらわれることがあったとしたら、そうでない世界だってあるのだと、ここにあるのだと伝えられるように。たとえばいつも食べているMさんの育てたお米が、Oさんのお野菜が、この世界への希望をつないでくれることは、ほんとうにあるのではないか、そう思っている。そしてそう思えることは、わたしがこの世界へ人ひとり産み落としたことへの肯定ともなって、わたしを励ましてくれるのだ。

一方で、思う。みんなで食べものを分けること、同じものを食べるということは、かつてきっとひとつの炎を囲んで食べただろう記憶に連なるもの。そこには心強さや慕わしさ、人が人と生きる喜びのおおもとがあるはずだ。自身の「食べる」を通すことは、ときにそこに安住していられないということ。わが「食べる」には吹きっさらしの自由とさみしさが広がっている。

(『道標』四九号、二〇一五年六月)

怖いこと

直　美

怖いと思うことが、増えた。放射能も地震も電磁波もＰＭ２・５もＴＰＰも安保法も緊急事態条項も、怖い。ご飯を作ったり掃除したり校正したり本の値段をつけたり子どもをお風呂に入れたりする合間あいまに、怖い怖い怖い怖いと思っている。怖いと思うものは、わかりやすく形が見えなかったり、いつ来るかわからなかったり、またただちに影響はなかったりする。だから怖くない人は怖くないかもしれないが、怖いものに不自由しない心配性のわたしにとっては、よけいに怖い。未来を臨めば暗雲立ち込めているようにしか思われなくなってくる。やっかいなのは、しばしば、自分が怖さに押しつぶされていることに気づかないことだ。怖いという気持ちはそっと忍び込んで、わたしを浸す。いつのまにか潮が満ちて足元が濡れるように、気づけば怖さに身体も頭も浸されて、むなしさへ沈んでいる。そのことが、なおいっそう怖い。

娘が四カ月のときに、東日本大震災、そして原発事故が起こった。はじめて産んだ赤ん坊は、吸い込まれそうにまっさらのぴかぴかで、誰かに抱かせるのも、外に連れて出るのも気が進まなかったし、ましてや原発事故が起こり、放射性物質なんてものにさらされる可能性があるなんて、末恐ろしかった。はじめての子ども、はじめての自国の原発の爆発。それらが怖さを引き起こしたと思ったのだったが、遡って考えれば子どものころ——布団の中で目をつぶって眠りがやってくるのを待ちながら、あるいは留守番中ベランダで母が帰ってくる姿を探しながら——ぼんやりしていると き、気づけばとなりにあったひんやりした恐ろしさと地続きなのだった。幼いころ怖いものはたくさんあった。とりわけ自然環境の破壊や、食品添加物、農薬などは、幼いわたしには避けようのない現実として感じられ、そのことを思えば、怖く悲しくむなしかった。高校生のときに石牟礼道子の言葉に出会い惹かれずにおれなかったのは、彼女の言葉がそんな恐ろしさやむなしさや悲しさをふくみこんで、わたし自身を寄せてゆけるものだったからだ。

青年期は勉強や仕事や恋愛にかまけていればその怖さを忘れていられたし、それは生の謳歌と言ってもよい自身への挑戦と肯定だった。そうやってしばらく見ないようにして蓋をしていたその怖さをあふれ出させたのが、原発事故だった。怖い怖い怖い怖いと思いながら、ああこの気分はたしかに知っている、そう思い出したのだった。

そして五年。子どもはわたしが育ったころにはなかったものに囲まれて育ち、わたしの怖いものは次から次へと増えてゆく。怖い怖い怖い怖いにからめとられる自分にうんざりしながら、みずからの怖さをもてあまし、足を取られ、日々、怖い怖い怖い怖いとつぶやいている。けれど幼いころ、怖さとあきらめとむなしさをないまぜにした気持ちになじんでいたことは、それらが否応なくわたしというものの本質に近いものであることを示しているようにも、また思う。

娘のみっちんは五歳。わたし譲りと思われるところも、夫譲りと思われるところも、つまりわたしの理解の及ぶところも及ばないところも持っているのだが、わたし譲りとわたしには思われるところに、物事を先回りして心配するところがあり、またおそらくそれとつながるのだろうが、怖がりなところがある。幼稚園に来る節分の鬼、サンタクロース、年神さん、ひな人形、動物園のライオン……、怖いものは数知れず。子どもと生活するなかで、できるだけ子どもの思いをわかってやりたくは思っても、まっさきに共感するのは、どうしてもわたしに、あるいはかつてのわたしに重ねあわせられるところだ。怖い、という訴えを、わたしはどうしても、どうってことないとは言えないし言いたくない。怖いものは怖いのだ、とみずからを重ねあわせて思う。

二月に、幼稚園で生活発表会があった。みっちんの年中組は、みんなでひとつの劇遊びをする。クラスの子どもたちが、ウサギとネコと恐竜のうちそれぞれが好きな役につくと、女の子はウサギとネコに、男の子は恐竜に分かれたと先生に聞いたが、当日見てみると、みっちんは恐竜になっていた。あとに訳を尋ねれば、劇中で恐竜がウサギやネコを脅かしに来るのが怖くて、脅かしに来られないよう、じぶんも恐竜役に回ったのだと言う。――なんてたくましい、とわが子の現実を切りひらく力にわたしは感心する。この人は、自分の力で逃げたのだ。

きっぱりすっぱり怖さの元から逃げ出して、あるいは投げ捨てられればよいだろうけれど、現実の世界には怖いものが多すぎて、きっぱりすっぱり、とはとてもゆかない。となれば、怖い怖い怖い怖いにからめとられ、むなしい沼に足を取られながら、怖さの元を振りはらい振りはらい、逃げてゆくしか、わたしがわたしとして生きる術はないのかもしれない。懸命に振りはらっているうちに、むなしさの消えることもあろうが、むなしさに引きずり込まれることも、またあろう。それでもまた、逃げてゆく。わたしにとっての生きる、とはそのようにしかないのかもしれない、近ごろそう思いはじめている。

わたしをわたしとして引き受けようとするとき、熊本で始まった文芸誌『アルテリ』の創刊号に寄せられた石牟礼さんの言葉は胸を打つ――「私はこの年になって、生きように困っている」。

(「唐芋通信」八号、二〇一六年五月)

センチメント

直　美

一

一、二カ月に一度、山を越えて、小さな盆地にある実家に帰る。暇を持てあましている春休み中の五歳の子どもを連れて、実家に帰っていたその日、買い物帰りに母校である小学校に寄り道する気になったのは、ちょうど見頃を迎えていたグラウンドのぐるりのソメイヨシノが目に入ったからかもしれない。満開まではもうひと息、けれど明日降るという雨で、いくばくかは散ってしまうだろうと思われた。グラウンドでは、少年野球のチームが練習している。グレー地のユニフォームの、まだ低学年だろう子どもたち。指導者のアドバイスらしき太い声も、それに応える子どもたちの声も、グラウンドを越え、菜の花のゆれる畑まで広がって、のびやかだった。

グラウンドのぐるりの桜の、そのまたぐるりには、かつてブロック塀がめぐらせてあったが、いつのまにか金網に変えられて、門の外からもグラウンドが見通せるようになった。グラウンドの端にある誰かの像と何かの碑は、うす暗い木立にぬっと立っていてかつては近寄りがたかったが、今、門の外から眺め見るそれらは、どちらも驚くほどこぢんまりしていた。

かつての通学路である、畑の中の一本道を自転車で帰るうち、涙がにじんでくる。なぜこんなにも感傷的なのだろう。十数年ぶりに母校に立ち寄ったためか、あるいはぐるりの桜のせいかと考えながら、いや兆しはあった、と思う。人口百万人を超える大きな盆地にある、今の自宅の最寄り駅から、電車で五つ駅をゆけば、その一五分の一ほどの人が住まう小さな盆地にたどり着く。かつて、山裾をへばりつくようにして走る汽車で山を越えていたが、今は山を貫いて線路がゆくため、トンネルを六つ越えねばならない。最後の長いトンネルを抜けると、田畑と空が鮮やかにひらく。昨日、六つ目を越えたそのときから、うすら淋しさは側にあったような気がした。

そもそも「みんな仲良く」「力を合わせて」などと言われる小学校の体質にはずっとなじめなかったのだ。桜の見頃とはいえ、小学校に立ち寄ろうと思うなんて。うすら淋しさがその色をいや増して、芯から淋しくなってしまった。あるいはうすら淋しさに引っ張られて立ち寄ってしまったのかもしれない。なんてことだろうなあと思いながら、一本道を自転車でゆく。黄色い菜の花、とうが立って放っておかれている大根、鍬を置いて立ち話の人。眼の端をかつて見慣れていたものがよぎる。春の空はうす青く、ぼんやり頭上に広がり、風がわたる。

今住む町には、この空がない、畑がない。そのことが近ごろとみに息苦しくあり、この感傷もそれがゆえかもしれない、いわゆる郷愁につながるような——そう思いかけたが、そもそもこの小さな盆地はわたしの故郷なのか。

わたしがほんの幼いころを育ったのは東京の下町だ。大きな空も、畑もない。高いビルと高速道路。通っていた小学校のとなりも高速道路が走り、防音のために教室の窓は二重になっていた。土や緑は大きな公園にしか残されていなかったように思う。近くを流れる隅田川はもう河口に近く、橋から灰色の川を覗けばときに何かが漂っている。ふわふわ漂うそれが、ビニール袋かクラゲかを妹と言い当てながら歩いた。トラックで毎週魚を売りに来る魚屋さんは、路肩に置いた発泡スチロールの中のシジミやアサリをつついて遊ばせてくれ、かわいがってくれたが、あの魚屋さんはまだあの場所にいるだろうか。もう三〇年も前の話だ。

八歳で京都市のとなりにある小さな盆地に越してくると、子どもたちの物言いや振る舞いは粗野に感じられたし、遊ぶ場所も遊び方も違った。今思うと、田舎の素朴な子どもたちだったのだろうと思うけれど、わたしは自分はよそ者だという意識を長く持っていた。それは、もともとひとりで過ごすのを好んだわたしの性情にもよったのだろうと思う。しかしいつのまにか、出身地としてこの小さな盆地の名を言うようになった。こちらでの生活が長くなり、東京の八年間がささやかに思えたからかもしれないし、もうずいぶんいろんなことを忘れたからかもしれない。

幼い心身を育んだ土地のことを故郷と呼ぶならば、東京の町も京都のこの小さな盆地もわたしの故郷と言えるのかもしれない。しかしどうして、小学校に来て感傷的になるのだろう。もう子ども時代に戻りたくはないというのに。けれど——、と思う。もしかすると、戻りたい時間があるかどうかではないのかもしれない。わたしが茫然とするのは、故郷に戻りたい時間があるからでなく、すでに流れて戻らない時間を、母校の桜のもとに見たからなのかもしれない。この手からすべり落ちた時間はただ、遠く眺めるしかない。

うす青い空に風はゆるく流れて、菜の花の黄色がゆれている。

二

大げさに言えば、それらはわたしにとって、小さな交通事故と、小さな病気の経験、と言ってもよいものだった。ひとつは、父の運転する車に乗っているとき、よその車とぶつかったこと。もうひとつは、夜中しんとしたときに近ごろ聞こえるようになった耳鳴りが気になって、治療院に行ったところ、胆のうと腎臓の不調から来ていると言われたこと。頭のなかで低く響くその音が、気のせいなのか、夫には聞こえないらしいものの都会の喧騒をわたしの耳が拾っているだけなのか、その可能性もまだ疑いながら、胆のうと腎臓、というたしかにわたしの身体にあるという臓器の名前を指定されると、そうなのかもしれないという気がしてくる。それでも、気のせいかと思っているよりは、少し安心だった。

それぞれは、たいしたことはないものであったけれど、立て続けにそういうことがあれば、少し落ち込む。双方にけが人のない小さな事故ではあったものの、条件やタイミングが悪ければ、大事故であったかもしれない。病気とも言えない（冷えが原因と言われた）かもしれないけれど、それだって大病に結びつくものでないとは断言できない。いつかわたしも死ぬんだなあということが、頭のむこうをぼんやりよぎる。子どもを産んでから、身体の小さな（煩わしくはあっても、病院に行く決心がつかないような）不調が続き、それが出産のせいなのか、年齢のせいなのかよくわからないまま五年が過ぎた。そのことは、人生は有限であることをうっすら予感させることであったが、気功や鍼灸をつかうその人からそのように言われれば、やはり大きく響く。ましてや、普段車に乗らないわたしには、交通事故の経験はない。事故のその日は帰宅後も気持ちが高ぶったまま、落ち込んでいるであろう両親に電話をかけたりしたのだった。

いつ死ぬかわからないのだとすれば――、この日々の生活を大切に、できるだけ笑って生きたいものだ、とはやはり思う。それでも目の前の楽しさや喜びをぞんぶんに味わうのが下手であるという自覚のあるわたしとしては、なかなかそれは難しい。そもそも、楽しさや喜びなんて、生きることにおいてはスパイスのようなもので、たいていは不安とむなしさと疲労に満ちているものだという気がする。それに波がある程度だ。それではわたしは何を思うために生きているのだろうなどと考えてみるとき、ふと、感傷、と思う。高校生のころから、自分の感傷に流れがちな性格を、恥ずかしいものではなくとも、根源的でないもののように思っていた。十代の若者におそらくよくあるように、自分がなぜ、なんのために生きているのだろうと考えたときに、わたしの感傷的な気分は、その追究を邪魔するもののように感じられたし、少なくともちっともそれに寄与するものではなかった。

ところが、久しく考えもしなかったそんなことがふと頭をよぎれば、わたしの日々感じていたいものは感傷ではなかろうか、という気がしてくる。日々の感傷は、たとえば萌え出す木々のみどり、空き地の隅にひっそりひらくドクダミの花、母の手を振り切って駆けてゆく子どもの背中。その、感情のゆらめき、流れ出す刹那こそ、わたしが日々つかんでいたいものなのではないだろうか。なんのために生きるのでもない人生にとって、そして移ろいゆく時間を流れゆく者として。それはまた、人生のたいていは不安とむなしさと疲労なのだと感じるわたしにふさわしい、美しさであり喜びなのだろう。

と思ったけれど、そんなことは、ほんとうはだいぶん前からわかっていたのかもしれない。根源や本質をとらえたかった若者の時を過ぎて、いやそんなものは簡単に手に入れられるものではない、と気づいてから、わたしはいつも感傷と感傷のあいだを歩いている気がする。

大きな盆地に住む今、となりの空き地では、高菜の花がつぼみをつけ、娘のまいたヒマワリの種が芽を出して、ドクダミは深い緑の葉を茂らせる。砂利のあいだから伸びては風にゆれるこんな草々こそ、今の窮屈なわたしの居場所で、感傷そのものだ。

（『道標』五三号、二〇一六年六月）

夜の空

順　平

「書きたいことは、野口さんのことだけだ」とは、ぼくの声。さいきん、声にすることもためらわなくなった。だって、そうなのだ。野口さんのこと以外は、というか、野口さんの以外がないのだ。どうしたって、野口さんなのだ。

店を閉めてから、葉書をポストに入れるために外にでた。西の空は桃色。こどもと大人が花火をしている。走っている大人がいる。風はない。ほとんどの家の窓は閉じている。三日月。星は七つみえた。流れ星を野口さんとみたことがある。海をみたこともある。ぼくの自慢だ。ドラッグストアは改装工事をしていた。ぼくはここでいつも歯ブラシを買っている。ちなみに野口さんは電動歯ブラシをつかっている。葉書をポストに入れた。今夜は野口さんもみっちんもいない、散歩をしよう。むかしは野口さんとよく夜の京都を自転車で走った。ゆくあてはなかった。朝でも昼でも楽しいだろうけど、夜がよかった。野口さんと星と月しかぼくにはみえなかった。いまはひとりだ。ひとりでも、同じことだが。むかしなんてあっという間にいけるのに、未来は遠い。西の空は深い青色。こどもと老人が花火をしている。風はない。「わかってもらおうと思うは乞食の心」とは、田中美津の声。「おかあさんはかぞくやからすきとかきらいとかゆうのはちがうねん。おとうさんはともだちやからすきやで」とは、みっちんの声。「ウヒィッフウ、ウヒィッフウ」とは、野口さんの声。一〇年前の野口さんは目のみえないひとのために音がなる信号機の音を耳にしたら、いつも、そう声にしていた。夜に聞こえる、あの声、星、月。

あのころ、野口さんは生き難くなかったのだろう。いまはしっかりと生き難さをとりもどした。ぼくは、いまだに生き難さをとりもどしていない。自分に向き合っていたのは、幼子のころだけだろう。「ウヒィッフウ、ウヒィッフウ」と、声にした。横断歩道からみる空はひろい。

さいきん、街灯の光がまぶしい。電球がかわったのか、LEDか、ぼくがまぶしいと感じるようになったのか。三日月。こどもと大人がラーメン屋から出てくる。風はない。まぶしい街灯の光を浴びて、ぼくの影がみえる。ぼくの影しかみえない。このまぶしい光では、ぼくの影しかうつしだすことができないのだ。痛快。

ぼくは、ひとりになることができない。いまも、となりには間違いなく野口さんがいるのだ。野口さんというのは、自分をまもるひとだ。こどもはまもるのに、自分をまもらないひとがおおいのに、野口さんはしっかり自分をまもる。そして、自分と同じようにこどもをまもる。自分とこどもをわけない。ぼくのことはまもってくれないが、まあ、それはいい。ぼくは他人だ。自分ではない。ぐうぜんに、よく近くにいるひとなだけだ。

ひとは、どうしたって、自分じゃないひとを想ってしまう、それで、自分を救おうとする。ああ、二十代のころ、本気で水俣のひとたちを救いたいと意気込んでいた。となりにいた野口さんはちがった。野口さんは、自分をまもりたいのだ。他人を救うという余地はないのだ。救いたくない、ということではない。自分の生の深い闇に光にとりつかれてしまったのだ。

自分より他人はよくみえる。よくみえるから、救いたくなる。自分より困っているひとがいる、自分なんてどうでもよくなる。困っているひとを助けたい。とてもよいことだ。そして、困っているひとを助けると、とっても世間から褒められる。それも、まあ、よいことだ。だけど、他人にはわからない自分のなかの苦悩と生きていても、だれも褒めてはくれない。やってられない。

野口さんはひとりだ。ぼくをたよることはない。夜、よくひとりでこの世の恐ろしさに泣いている。ぼくは近づくことも遠ざかることもできない。未来みたいだ。

熊本の大地震のことだ。大きく揺れた日から三一日後の関西国際空港—鹿児島空港のピーチの航空券を大地震のまえに買っていたのだ。ピーチの安いチケットなので、変更も払い戻しもできない。家族三人分。水俣にいく予定だった。大きく揺れて、熊本の知人・友人の顔が浮かんだ。なにもできないけど、会いにいきたい。声を聞きたいと思った。「水俣じゃなくて、熊本にいこう」と、ぼくは言った。「いかない。こわい。水俣も熊本もいかない」と、野口さんは言った。この会話だけ読むと、野口さんがずいぶんひどいやつだと思うだろうけど、ひどいやつではない。まあ、はじめはむっちゃケンカをした。だって、野口さんは優しくないからだ。野口さんに優しさを求めたらあかんなんて、知ってたけど、やっぱりこのときはむかついた。なんて、つめたいやつや、このやろう、ぼけ、とむかついた。野口さんだって、ぼくが思ったことは、思ったはずだ。ぼくとおなじように、顔が浮かんだはずだ。いきたい、と思ったはずだ。だけど、こわい。こわすぎる。「わたしは、もう、二度と熊本に水俣にいくことができないかもしれない。顔向けできない」と、その後、野口さんは言った。

　他人を想うことより、自分を想うことの困難さ、孤独さをあとからあとから、ぼくは知る。それは、いつものことだ。いつもケンカがおわってからだ。ケンカはすべてまける。むかついてから知る。いま、からだがいたい。いま、こころがいたい。そうではない。からだがいたくなるかもしれない、こころがいたくなるかもしれない、と想像できてしまう。それが、いまのいたみよりつらいのだ。どうしたって、つらいのだ。

　野口さんは、こわいものが、どんどんふえていく。未来にむかついていたら、ああ、気づいた。近い未来にこの原稿をいちばんに野口さんに読んでもらうのだ。校正してもらうのだ。はしたないのは、ぼくだ。未来じゃない。
星はみえない。よわい風。三日月。「ゆうがたになったらそらって、うみにみえるよね」とは、みっちんの声。夜の空はなんにみえるんだろう。明日、聞いてみよう。さあ、もう、帰ってきた。ここは、カライモブックスだ。

(「唐芋通信」九号、二〇一六年一〇月)

五〇

さんとわまみい

順平

遠い、遠い、野口さんは遠い。岬から見る海のように。その風景は、どうしたって、ぼくの心を打つ。遠いところへいってしまったというのは、遠いところへいってしまったと感じることは、ぼくにとってとっても大切なことだと頭ではわかっているのに、心ではわかっていないのだ。だから、ぼくは書いている。

遠い、遠い、野口さんは遠い。岬に閉じこめている思い出を船にすれば、海へと出られるかもしれない。だけど、いやだ。思い出は、いやだ。思い出しか思いつかないけれども、いやなのだ。岬から出てしまえば、きっと、かえってこない。そうだ、ここは岬だ。アコウの木に船をつなごう。海鳥も羽根を休めてくれるかもしれない。椿の花はまだ咲いているだろうか。

遠い、遠い、と書いているが、いま、ぼくの座っているちゃぶ台の向かいには野口さんが座っている。パソコンで『ち・お』の編集をしている。手をのばせば、きっと触れることもできるはずだ、たぶん。みっちんが眠っていたり、出かけていたりするときはだいたい、このちゃぶ台で向かい合っている。文字ならば、〝ど〟と〝お〟と〝い〟という平仮名の三文字を並べたくらいの距離にいる。だけど、声にすると遠い。文字と声はちがう。なんで、ちがうんだ。

走った、走った。ぼくはいつも走っていた。手をつなぎたかったけど、野口さんの手には届かなかった。野口さんにこわいものが、ぼくはこわくない。走ったけど、こわくないものをこわくなることは、できなかった。こわくなりたかった。こわい人と、こわくない人、一緒に暮らすならばこわい人を優先するのが、当然だ。道理だ。仁義だ。だけど、野口さんはこわいものが多すぎた。ぼくはこわくないものが多すぎた。耐えきれなくてぼくは野口さんから逃げた。だけど、逃げたら野口さんの悪口を聞くことになった。ぼくは、そんなことを聞きたいわけではなかった。だから、すぐにかえった。野口さんはまったく悪くない。そんなことわかっているのだ。だから、だから、ぼくはずっと、野口さんの言うことに頷いていた。あんな、気持ちには二度となりたくなかった。野口さんがつらいんだから、ぼくは野口さんを好きだから、難なくこなしているはずだった。そう、難なくこなしていなかったのだ。そして、ぼくは煩悩にとりつかれていた。こんなに、野口さんの言うことに頷いているんだから、愛してほしいなんて思ってしまうのだ。遠い、のはぼくか。ほんとうに、愚かだ。大迷惑だ。

音がする、音がする。野口さんと出会ったころは、たまにコンタクトレンズをつけていた。すこしでも、かっこよくなりたかったのだ。夜、鏡を前にして、コンタクトレンズを外すとき、いつも、不思議な気持ちになっていた。ある夜から、外したコンタクトレンズをほかせなくなった。きょう、みたものが失われるのではないか、と。あと、単純にきれいだった。目から外したコンタクトレンズは目に入れるまえとちがって、ぼくにはとてもきれいに感じた。茶色いガラスのビンに入っている。いま、ざっと数えてみたら三〇〇枚ほどある。水色をしている。海のよう。だけど、さわっても手はぬれない。光っている。ビンをふると、さりさりさりと、音がする。みえていたものの、音がする。ここにも、ぼくは思い出を閉じこめていたのか。書かないと、気づかないことは多い。まだ、書く。

野口さん、野口さん。ぼくは、野口さん、と出会ったときからずっと呼んでいる。法律婚をしてしまって戸籍の上では奥田直美となったが、ぼくは戸籍のことは嫌いなので、野口直美のままだ。野口さんは、ぼくのことを順平くん、と呼ぶ。だけど、法律婚をしてから、なじみのない人がいるときは、順平くんではなく夫、と呼ぶようになった。文章も順平くんではなく夫、と書くようになった。ぼくを夫、と思っているのだ。ぼくは、野口さんを妻、とは思っていない。なので、野口さんと言うし書く。説明するのが面倒くさいときは、恥ずかしくないよというふうに強がりながら直美さん、か連れ合い、と言うし書く。このことだ、と書きながら思ったので書いている。野口さんはぼくから解放されているのだ。すばらしい。ぼくは野口さんから解放されていない。いや、解放されたくないのだ。思い出に抱きついている。走っていない。ぼくは、走っていなかった。ずっと、立ちどまっていた。立ちどまっていることは愚かなことじゃない。だけど、立ちどまっているのに、走っていると思い込んでいた。また、ぼくは愚かだ。大迷惑だ。

遠ざかる、遠ざかる、野口さんは遠ざかる。ぼくは走らない。野口さんを追いかけない。ただ、立ちどまっている。ぼくは立ちどまっていると、しっかり記憶しながら立ちどまっている。みえる、さっきまで履いていたぼろぼろのスニーカー。一〇年ほど前に母からもらった高島屋の商品券で買ったアシックスのスニーカー。みっちんのニューバランスの緑色のスニーカーがうらやましくて、一〇〇均で緑色の油性ペンを買い、左足のスニーカーを緑色に塗ったけど、みっちんのスニーカーみたいにならなかった。塗るのをやめた。だから、左足は緑色で右足はもとの黄色だ。靴紐は両足とも白色のまま、ちょうちょ結びをした靴紐が鳥のようにみえる。きっと、海鳥だ。

岬にいった、岬にいった。海がみえた。アコウの木に船がつながれている。椿の花が咲いている。ここに、いたかった。ずっと、ここにいたいと思ったのだ。二〇一七年四月、ぼくは、やっぱりここにいたいと思った。ふたりじゃなくても、さんにんじゃなくても、ひとりでもいいのだ。うん。暗くなる、暗くなる。目の前が暗くなる、とはこういうことだったのか。涙は出ない。涙が出たあとか、涙が出るまえかもわからない。目の前が暗いのだ。

歌う、歌う。さんとわまみい。さようなら、野口さん。

（「唐芋通信」一〇号、二〇一七年四月）

帰るべき日常がないということと
生きることのほんとう

秋

直美

里の秋は明るくて静かだ。山は黄色く赤く染まり、葉はまだ木々にとどまっている。柿の実は遠くからも目をひく。たわわに実っているように見えるけれど、今年が表年なのか裏年なのか、わたしにはわからない。もしかすると、もう誰も実を採る人がいないのかもしれない。柿の木のまわりには、小さな小屋がよくあるように思う。たぶん農具を入れておくものだろう。

亡くなった祖父は、母屋のとなりに小屋を建てていて、そこでラジオをかけて、日がな一日何やらしていた。それはおそらく、畑の野菜を出荷するための何かの作業だったり、道具の手入れだったり、あるいは今度の会合のための算段だったりしたのだろう。わたしにはわからないような、何かのための何かをいろいろしていた。認知症になってもずっと小屋は祖父の場所であったし、そこで「段取り」しているのは祖父の役目だった。

自分のことは、百姓と呼んでいた。百姓として生活を回し、家を立たせていくために、常に先を読んでいた。話がうまく、言葉で人をもてなした。豪快に見えて、気づかいの人でもあった。大きな声で笑いながら言葉を導き、その場をおさめていた声は、今も耳に響く。

認知症になっても、あまり周囲にそのことが知られていなかったのは、そのやりとりに粗忽がなかったからだろう。あるときは桜のころ、三晩家をあけて帰ってこなかった。杖がわりの自転車をひいていたが、小銭も持っていなかった。四日目の朝、山を越えてだいぶん遠い畑の端に座っているところを、見つかった。たぶんそのときも、きっとどこかの誰かに、うまく頼んで車に乗せてもらったりしたのだろうと思う。その道中のことは誰もわからないまま、もう祖父も亡くなってしまった。けがも何もなかった。警察からの連絡で駆けつけた子どもたちに、「おお、悪いなあ、集まってもろうて」と笑っていた。

三日目の夜には冷たい雨も降った。そのとき、葬式を出す覚悟をしたと言った祖母は、遠くないうちに祖父を見送るつもりでいたにちがいないのに、まさか祖母のほうが、あっけなく先に死んでしまった。

柿の木と小屋はそんなことまで思い出す。里の秋は、ほんとうにしずかだ。遠くに見える国道を走る車の音。遠近の感覚がわからなくなる。あまりに静かで、耳がつまったような気がする。こんな美しさを前に取り残されて、ただ、たたずむしかない。

このあいだわたしは、三八歳になった。三十代後半に入ると、これまで難なくこなしていたことに、陰りが見えてくる。記憶力や、多少の体の無理、集中力。最初は、ああこういうふうに人は衰えていくのか、と驚いた。はるか遠い先、と思っていたけれど、いつかかならずわたしにも死がやってくるのだということが予感された。それにも慣れてしばらく同じような具合が続いてくると、気にしない、無理をしない、とりあえずメモをとる、などというようなことで開き直り、こういうふうに年をとっていくんだなあ、ということは、それはそれでまた感慨深い。

二〇歳になるかならないくらいのころ、はやくおばあさんになりたかった。「若いんだから、やろうと思えばなんでもできる」と、実際に人に言われたことはないにもかかわらず、そんな考えが頭から抜けず、何をしていても、これじゃだめだという気がしていた。おばあさんになれば、諦念や現実の不可能とがないまぜになって、きっとうまく枯れてゆけるような自信があった。

里の秋はしずかだ。毎年この時期になると思い出すのが、八木重吉の詩、「素朴な琴」。「秋の美くしさに耐へかね」の「く」の表記がその美しさを表すのに必須だという気がした。この人はたしか早く死んだのだ、と思って調べたら、なんと二九歳だった。若者だったのだ。

カライモブックスを始めていろんな人に話したけれど、石牟礼道子の世界との出会いは、高校生のときだ。受験勉強中に「言葉の秘境から」という短いエッセイを読み、わたしの一生にふかく刻まれる言葉だと思った。そういう話をするものだから、これが収載されている『葛のしとね』や『妣たちの国』を買ってくださる方も多くて、本屋としてはそれはありがたい限りなのだけれど、なんだか申し訳ないような気もする。

だって、この石牟礼さんの世界との出会いは、ごく個人的なものだから。これは一八歳のあのときのわたしに訪れたものにすぎないし、それを誰と共有するものとも思わないからだ。これはひどくつっけんどんなことだけれど、言葉との出会いとはそういうものだろうと思う。わたしはそれを人に説明する能力が低いし熱意も少ないので、まったく本屋には向いていないのだが、それはともかくとして、そういうものだとは思う。

今ここにどうして石牟礼さんかというと、石牟礼さんの言葉と里の秋。包まれるときの感じがよく似ているからだ。使い古された言葉で言えば、それは失われゆく世界への哀惜、そして焦燥のようなものと言えるだろうか。

どうすればこの世界にとけこみ、一体になれるのだろうと思う自意識はけっきょくずっと残りつづける予感はある。きっと死ぬまでとりつかれることなのだろう。

でももしかすると、百姓であった祖父や祖母は、そういう瞬間、土に風にとけあう瞬間があったのかもしれないとなんとなく思っている。祖父は、出荷をやめても野菜と米を作って子どもらに配り、川で魚やカニを捕って遊んでいた。空でうつりゆく天気を読み、お日さまの位置で時間と方角を把握していた。人の動きも天の動きも一体となったなかで、みずからを俯瞰して立ち居振る舞いをするような視点があったと思う。

いつか死ぬときには、秋がいい。

七年前の秋に子どもを産んだ。五日間入院して外に出たら、街路樹や山々が黄色く赤く染まって、別世界に来たような気がしたことを思い出した。

(「唐芋通信」一一号、二〇一七年一一月)

産み育てる

直　美

七歳になる子どもがお腹にいることがわかったとき、その小さないのちに「みっちん」と呼びかけはじめたのは、石牟礼道子さんの幼いころの呼び名からお借りしたのだった。

この世界に人をひとり産み落とすということは末恐ろしいことのように思えたけれど、それでも石牟礼さんの自伝的小説『椿の海の記』(河出文庫)や『あやとりの記』(福音館文庫)で、石牟礼さん自身を思わせる「みっちん」がこの世のとりどりのものに囲まれて、「意識のろくろ首のようになって、わたしはこの世を眺めていた」(『椿の海の記』)と書かれるそのさまは、生きることの切なさややるせなさ、汚らわしさ恐ろしさがまざまざとあっても、やはり石牟礼さんの筆にかかれば、それは美しい。

子どもを産むという暴挙をなしえたのも、結婚をし新しい暮らしを始めた高揚とともに、石牟礼さんの描かれる「みっちん」に惹かれたからであったかもしれない。この世間への違和感を胸にふかぶか抱きながら、それでも「意識のろくろ首」になって、まわりを見渡していた「みっちん」は、わたし自身の幼年時代にも近い気はしたが、決定的にその影の濃さが違うように思われた。「みっちん」ひとりではない。まわりの人びとも——そこには「淫売」とささやかれる娘たちや、「しんけいどーん」と囃し立てられる祖母のおもかさまもいた——、神なのか妖怪なのかしれない「山のあのひとたち」も、「巻貝《びな》」も「川えび」も、その陰影は黒々としてゆらゆら立ち上がってくる。

無謀なこととは知りながらも、わたしは、家族とその周囲のわずかな人たちから成るつるっとした——それはそれで、じゅうぶんに幸せな——自身の幼年時代を、もう一度たぐりよせ、やり直してみたかったのかもしれない。

生まれてきた子どもは、そのときから圧倒的な存在感で、そこにあった。お腹の中にいるときは、その存在をこれほど確実なものとして意識したことはなく、予定日ぴったりに生まれてきたが、そのゆるぎない存在の大きさは、まるで意外だった。子どもを産むということは、突如、厳然として、ある存在が現れることなのだと思う。生まれたその日の晩、産院のベビーベッドに静かに眠る娘を見ながら、この子はずっとここにいるのだ、返さなくてもいいのだ、と思ったことを覚えている。借りた服を、本を、返さなくていいよ、あげるよ、と言われたように。

わが家のみっちんが生まれたのは、二〇一〇年の一一月。それから四カ月後に、3・11が起こる。春の兆しが見えはじめ、そろそろ子どもを外に連れ出してやりたいと思っていたころだ。よく乳を飲み眠る子で、わたしたち夫婦は家が仕事場だから、ひとりで家事を切り盛りする必要もなかった。子どもとゆらゆら大きなゆりかごでまどろんでいたような幸福な夢。それがぱちんと覚めたのが3・11だった。これからどうやって生きて、育ててゆけばいいのだろうと途方に暮れて切羽詰まったわたしは、石牟礼さんにお目にかかりたいというお願いのお手紙を差し上げたのだった。

その年の六月、石牟礼さんにお会いすることが叶った。最初で最後の機会となったそのとき、人見知りが始まった娘は、石牟礼さんの前でずっと泣き通していた。あわてる親をしり目に娘は泣きつづけ、石牟礼さんは娘をあやして、細い声で歌をうたってくださった。それでもなお娘は泣きつづけ、その大きな泣き声を聞きながら、石牟礼さんはご自分の赤ん坊のときの記憶を話してくださった。

あんなことが起こった三カ月後で、今から思えばいろんなことを伺いたかった。「わが水俣病」を抱えつつ、石牟礼さんは子どもを育ててゆかれていたのだったから。石牟礼さんの水俣病への姿勢は、著作に尽くされているとしても、乳飲み子を抱えたそのときのわたしは、母としての直接的な言葉を必要としていた。今ならそうわかるけれど、うろたえたままのわたしは頭も口もまわらず、泣きつづける赤ん坊を前に、困ったまま、石牟礼さんをただ見ていたような気がする。

カライモブックスが来るから、とカライモの天ぷらをお茶請けに出してくださった。いろんな方が書いておられるように、茶目っ気のある、おもてなしの上手な田舎のおばさんのようで、いたずら好きな童女のようで、遠い世界と通じる巫女のようだった。

3・11からずっと、この社会で子どもを育てるということを考えている。親子で抱きあって真綿にくるまれていたような時間は、いつか抜け出さなければならないものだったが、わたしにはそれが3・11としてやってきた。

いつの時代も子どもを育てることは厳しい。だってこの世はきっといつだって厳しいからだ。それでもわたしは、気づけば子どもを産んで育てていたし、これからも育てていく。生まれたばかりの赤子の、あの存在のゆるぎなさを思えば、わたしはそのゆるぎなさに育てられているのかもしれない。

わが家のみっちんは、こんな表層的な、そして不寛容も監視の目もますます厳しい時代に、町のなかで生きている。ほんとうは、かつて「みっちん」が彼岸との境界を行きつ戻りつしながら遊んでいた「大廻《うまわ》りの塘《とも》」に遊ばせてやりたい親の思いはあるけれども、それも叶わないままに七歳になった。

となりの空き地に来る蝶を捕り、花を摘み、公園で時間をもてあます誰かを見つけていっしょに遊び、ヒマつぶしにパソコンでゲームをしている。その世界に、はたして陰影はあるのかと思いはするものの、暗闇、おばけ、高い木立、夜、雷——怖いものがやっぱりたくさんある娘の目には、大人が思うよりも、光も影もくっきりと濃いのかもしれない。わたしにだって、「ガゴ」——夕暮れどきまで遊びほうけていると、後ろからおっかぶさってくるという妖怪の名だ——の出る遊び場はなかった。こんなふうに日々を過ごす娘も、いつか石牟礼さんの言葉を目にして、その世界に魅入られる日が来るだろうか。

ここには「大廻りの塘」はないけれど、わが家のみっちんもやっぱり「意識のろくろ首」になって、学校を、友だちを、カライモブックスに来る大人を、近所の人を、ネットニュースを、テレビを、じっと覗き見ているような気がする。

産み育てることの現実感に対して、死ぬということは、どうだ。わたしにはまだ、ぜんぜんわからない。石牟礼さんがあのとき娘に歌ってくださった細い声が、ただなつかしい。

（『道標』六一号　追悼　石牟礼道子さん、二〇一八年六月）

さつまいもBOX

順平

「さつまいもBOX　御中」と、天草の御所浦島のMさんから甘夏が届いたのは、もう、九年前のことだ。あの、よろこびは、きょうでも、すぐそこにある。この指が送り状を指したんだ。この口がさつまいもBOX、と言ったんだ。

水俣に、天草に、暮らすことができなくて、逃げて逃げて逃げて、二〇〇九年三月に京都の西陣で、カライモブックス、という名の古本屋を連れ合いとはじめた。カライモ、とは南九州でのさつまいものポピュラーな呼び名だ。スーパーでも、カライモ、と書いてある。逃げて逃げて逃げて、ふるさとの京都にもどってきて、だけど、金持ちじゃないから、もどってきてもずっとぼおおっとしてるわけにはいかなくて、金を稼がないといけなかった。なんで、金を稼がないといけないんだ、腹が立つ。さあ、さて、どうしようか。考えた。とりあえず、働きたくなかった。いやなことをやらされるのは、ほんとうにいやだ。だから、自営業をはじめるしかなかった。さあ、なにをする。とにかく、水俣に天草にすこしでも勝手につながっていたかった、勝手だなあ。そうして、ぼくたちでできることを考えたら本屋しか思いつかなかった。じゃあ、本屋だ。すぐに決まる。だけど、本屋をしようとしたら取次に大金を払わないといけないと知り、すぐに諦める。じゃあ、古本屋だ。調べたら古書組合というものに入ればよいと知り、入ろうとしたら、これまた大金を払わないといけないと知り、すぐに諦める。そもそも、金がないんだから本屋をしようとしているのに、なんで金がいるんだ。ミステリー。なので古書組合に入っていない古本屋をすることにした。名だ、名をどうするかと連れ合いと相談をした。水俣のこと、天草のこと、を想うとき、やはりまず目に浮かぶのは不知火海だ。だけど、不知火海はぼくにとっては、遠い、遠かった。そういえば、水俣にも、天草にも、不知火海がみえる土には甘夏とカライモがたくさん生えていた。甘夏、は日本のどこにいってもきこえる声だ。カライモ、は違う。カライモ、という声は途端にぼくを水俣に、天草に、不知火海に、引き連れて行く。勝手だなあ。ここが、水俣だ、天草だ、不知火海だ、と思い込める、目を閉じれば窓の外は不知火海だ。なんて、よい名だ。カライモブックス。

　石牟礼道子さんの本に魅了されてぼくたちは水俣にはじめて旅立った、一二年前のことだ。だけど、石牟礼道子さんの書く水俣や天草は、ぼくのようなウスッペラペラな人間にはみることができなかった。だけど、水俣から船で御所浦島に渡ったら、Mさんと会えた。Mさんの声は石牟礼道子さんの本に載っていそうな声だった。みることはできなかったけど、きくことはできた。Mさんの声にぼくは夢中になった。それから年に三度は水俣と天草を旅するようになった。Mさんにはいつも、会いに行った。さあ、はじめにもどる。そのMさんからまさか「さつまいもＢＯＸ　御中」と、甘夏が届いたのだ。さつまいも、なんてもちろん言わずに、カライモ、というMさんだ。だからこそまさか京都では、カライモ、ではないだろうと、熟考してさつまいも、になったのだろう。そして、さつまいもなんだからと、ＢＯＯＫというより、ＢＯＸだろ、となったのだろうか。さつまいもＢＯＸ、とってもよい名だ。だって、さつまいもが入っている箱だ。想うだけで、心の奥底からうれしくなる。

「カライモの天ぷら屋さんをされたらいかがでしょうか」と、石牟礼道子さんは言った。東京電力福島第一原子力発電所の事故からすぐのことだった。ぼくたちが、放射性物質から逃げて逃げて逃げて熊本に逃げていたときのことだ。ほんとうにこれからどうしようかと考えていたが、石牟礼道子さんから転職の提案があるとは思っていなかったので、思いっきりおもしろかった。大笑いしたかったけど、石牟礼さんは真剣だったので笑えなかった。なので、石牟礼さんがだしてくれたカライモの天ぷらをぼくは食べていた。しかし、だ。いま、思い返すとぼくには、カライモの天ぷら屋さんにぴったりの名をいただいてるではないか。恐るべし、石牟礼道子。さつまいもＢＯＸ、という名を。

Mさんも石牟礼さんも、今年、死んでしまった。また、いっしょにカライモを食べたいなあと思っている。カライモブックスの窓からは不知火海がみえる、今夜も。

(『イモヅル』四号、二〇一八年一〇月)

と、書いたのは二〇一八年。このときは、こう思っていたのだ。二〇一九年三月に大学で、石牟礼さんと水俣のことを話すことになったので、なにを話そうかと思い出をばらばらにして考えていた。そのとき、気づいたのだ。おそい、おそい。はずかしい。石牟礼さんに会いに行った二〇一一年、わたしは途方に暮れていた(いまでも途方に暮れているけれど、暮れている実感があり居心地は悪くない)。誰よりも尊敬する石牟礼さんの言葉で救われたかったのだ。崇めようとしていなくても崇めていたのだ、きっと。空から降ってくるような美しい言葉を期待していたのだ、きっと。だけど、石牟礼さんはわたしと同じところに立っていた。空のほうには立っていなかった。自分が有名な作家だとは心の奥底から思っていなかった。わたしたちが石牟礼さんの大ファンで古本屋をはじめたことを石牟礼さんは知っている。東京電力の原発から逃げてきたのも知っている。えらそうなこと、うつくしいことを言う舞台は見事に出来上がっているのに、石牟礼さんが言ったのはわたしたちの転職先だった。昨夜ずっと考えていた。ほかによい案が浮かばなかった。申し訳ないです、としきりに謝ってこられるのだ。そして、おいしいカライモをつくっておられる農家さんを紹介すると

（その年の秋に、カライモブックスへカライモを送ってくださる。おいしかった）。生活だ。まず、お金儲けの算段をつけねばと石牟礼さんは必死に考えてくださった。わたしはなにも力になれないと、石牟礼さんは何度も謝られる。カライモの天ぷら屋さんをされたら、わたしは足が悪いので買いにはいけませんが、お手伝いしてくださるかたに頼んで買いにいってもらいます、と。えらそうなことを言っていいのに、うつくしいことを言っていいのに、石牟礼さんは言わない。石牟礼さんはそんなこと、言わない。いっしょに悶えてくれたのだ。悶えることを加勢してくれたのだ。そう、悶え加勢をしてくれていたのだ。石牟礼さんの本で読んでわかっていると思い込んでいたあの悶え加勢を。わたしは、なんにもわかっていなかった。大反省。「悶え加勢してくださりありがとうございます。気持ちがらくになりました」と、いまさら、言ってみた。あのとき、うれしかったのだ。おもしろくて笑っちゃいそうだったけど、たしかにうれしかったのだ。気持ちがらくになっていたのだ。生きていることは恥ずかしくてつらい。だけど、あとになってわかることもある。いまより、すこしでも、よいひとになれるかもしれない。窓を開けたら、不知火海があるかもしれない。石牟礼さんとMさんがカライモを食べているかもしれない。

（二〇二二年一〇月加筆）

ふり返りつつ先をゆく

直　美

わが子がゆく後ろ姿には、胸を衝かれる。

生まれてから、抱いて、あるいは手を引いて外へ連れ出していた子どもは、いつのまにかひとりで出かけるようになった。歩いて、自転車に乗って。光の降り注ぐなかを、雨のざざ降るなかを。子どもはいつも、家を出て通りをまっすぐ東へゆく。一〇〇メートル以上は見通せるが、しばらくすると通りは北にゆるく曲がり、その後ろ姿は見えなくなる。

子どもは何度もふり返り、手をふりつつ行くか、あるいは見ているわたしに気づかずに、ただ前を見て急ぐ。そういうときは、たとえば公園で友だちと待ち合わせをしているとき。楽しみなこれからの時間にふり返っている余裕なんてないか、わたしが見ていることなどすっかり忘れているかだろう。それはもうありふれた日常の光景なのに、見送りにといっしょに外に出れば、いつも見えなくなるまでその姿を追ってしまう。

　はじめは、車通りも多いので、心配しているのだと思っていた。けれどその胸のざわつきの奥を探れば、それだけでないものがたしかにあって、そのときわたしは、子どもの後ろ姿に大きな空っぽを感じている。まるでおいていかれてしまうようなさみしさを。そしてその心細さはまた、幼いころ布団の中で、家族が突然死んでしまったらどうしようと考えた妄想にも、少し似ている。

　今、子どもに小言も言えば、八つ当たりをしたりもして、日々を親ぶって過ごす。いつだって子どもの前を歩いていると思い込んでいるのだ。でもそのいっぽうで、知っている。わたしがわたしの人生のなかばで産んだ子どもには、わたしとべつの時間と人生があるということ。わが子の後ろ姿というのは、そのことを否応なく親に突きつけるのかもしれない。

　ふり返りつつ先をゆく子どもは、ふり返りつつ、もう自分の時間を生きている。そしていつかおそらく、わたしの時間が先に止まって無くなり、この子の時間は進んでいく。それは、子どものころのそれとはちがって、幸せな妄想だ。少し胸は痛むけれど。

「お茶持って、帽子かぶって、何時には帰ってきいや」と、出かけようとする背中に声をかけて見送り、子どもが見えなくなってしまえば、この隙に仕事に集中しようと、慌ただしく段どりをする日常が帰る。そんな時間と時間のあわい、子どもの背中はまぶしく揺らぎ、わたしは思わず見入る。子どものわたし、親のわたしが交差し、親と子というあとさきの時間を生きる関係の不思議を思う。

ときどき、成人した子どもを戸口に佇み見送る母らしき姿を見かけることがある。その目にはもしかすると、過ぎ去った時間が、そして親子それぞれに流れるべつべつの時間が映っているのかもしれない。

（『京都新聞』二〇一八年七月二五日）

体育がきらい

直　美

昔からスポーツがきらいだ。スポーツというよりも、学校の体育の時間がきらいだったのだけれど、子どものころはそれに気づいていなかった。

今、登下校する子どもたちの声を聞けば、そのにぎやかさがなんとも微笑ましい。友だちを呼んでいたり、怒っていたり、ふざけあっていたりする。でも実際に自分のこととしてふり返れば、子どもだって、毎日十分に大変だった。どう一日の時間を過ごすか、その多くは大人に、学校に決められていたのだったから。

そのなかでもひときわ苦痛だったのが、体育の時間だ。運動神経の鈍いわたしは、走っても跳んでも投げても、とにかくうまくこなせなかった。徒競走は、遅くても走り通せるから、まだいい。でも、逆上がりは「できる」と「できない」しかなくて、わたしは永遠にできなかったし、跳び箱はわたしにとってはただの壁だった。休み時間にしなければならなかったドッジボールは当てられるばかりだった。

それにしても、なぜわたしは休み時間にドッジボールをしなければならなかったのか。ドッジボールなんて大きらいだったのに。休み時間なのに。こういうところから、恨みつらみは始まっている。

そんなわたしでも、忘れがたい記憶がある。小学校でのハードル走。ハードルとハードルのあいだは、何歩で走るのだと教わったけれど、あいかわらず、それがこなせない。だからスピードにのれず、ハードルをまたぐのに苦労していた。でもたった一度、指定された歩数で跳べたことがあったのだった。そのときは、体が足に押し出されるように前に進んで、いつのまにかハードルを越えていた。その爽快さは今も忘れがたい。みんなはこういう快さを知っていたのか、とも思った。

それでも、体育の時間はほとんど苦痛でしかなかった。その原因は運動が苦手であることが最たるものだとしても、もしかするとそこには、学校というものを貫く、ひとつの決まった価値観と枠組みを子どもに教育する、子どもからすれば押しつけと感じるに十分な、その姿を感じ取ったこともあるのかもしれない。

長じて、スポーツもそうそう悪いものでもない、と思うようにはなった。体を動かすことで気分転換できることも知ったし、レクリエーションとして親睦を深められる意義も理解できるようになった。ただ「できる」「勝つ」ことばかりを目指さなければいいのだ。
それでも、スポーツらしいスポーツは今もしないし、観戦もしない。オリンピックはいつも興味がないし、二〇二〇年もテレビ観戦だってしないだろう。ただそれだけのことを大げさに言うのは、なんだかそう言いづらい雰囲気があるからだ。かつての教室で、体育の時間が待ち遠しい子どもは多かった。あるいは、そういう子どもは声が大きかった、とも言える。昔は体育がきらいと言えなかったけれど、だからこそ今は言うのだ。

（『京都新聞』二〇一八年九月二〇日）

わたしたちの天草

直　美

その天草の島には、九州本土からの橋がかかっていない。はじめて行ったのは、もう一二年前。勤めに出ていたころで、旅行に出られるのは盆か正月。夫とわたしは、大みそかに水俣から船でその島に渡り、泊まりたいと考えていた。

はじめて石牟礼道子の言葉に触れたのは、一八歳のとき。受験勉強中にたまたま読んだエッセイの、これまでに出会ったことのない言葉の奥ゆきに、息をのんだ。そのエッセイは、天草の山中での老女との出会いを描いていた。九州本土に渡ったことは一度もないという老女の声音に、石牟礼さんは心ゆさぶられ、それを書きつけた言葉はまた、読むわたしの心をも大きくゆさぶった。『苦海浄土』を読むのは、それから数年経ってからのこと。わたしにとって石牟礼道子は天草と深く結びつくものだった。石牟礼さんもまた、自身のルーツを天草にみて大切にしておられたことは、のこされた言葉からもわかる。

だから、石牟礼さんの言葉をたどってはじめて水俣へ行こうと計画したそのとき、どうしても天草に一泊したかったのは当然のなりゆきだった。ところが、人口三〇〇〇人に満たない小さな島に、大きな旅館があるわけはなく、あるのは家族経営と思われる小さな旅館や民宿ばかり。都会では稼ぎ時であろうが、島ではみんな休業。大みそかに客を泊めている暇などないようなのだった。

ところがただひとつ、電話をかけると「まあ、よかですよ」と言ってくれた民宿があった。行ってみれば、それは島の電気屋さん。Mさんは電気屋を営みつつ、巣立った子どもの部屋を客部屋に、民宿を始めたのだという。

そこは、それまで知っていた民宿とはまるでちがった。釣ってきた魚やとなりの畑から引いてきた野菜が並ぶ食卓には、お父さんがいっしょに座る。わたしたちにもすすめてくれながら、まずはビール、そして焼酎。少しずつ酔いを深めながら、いろいろな話をしてくれるのだった。わたしたちはこの話に惹かれて、その後たびたび通うことになる。

島は水に乏しく、水道水は、水俣の水源から海底のチューブを渡ってやってくる。水俣には恩義を感じていること。小さいころ、島には電気がまだ通っていなかった。はじめて通った電気を見て、なんてきれいなんだと電気屋になったこと。そしてこれは数年前。島が沖縄・辺野古基地建設の埋め立てに使う土砂の採取予定地になった。そのときは、島が小さくなるのはいやですばい、と、そんなふうに言っていた。

島で生まれ育ったお父さんの話は、その内容も語り口も、まるであたらしく、なつかしく、はるかな世界のものだった。島のこと、日本のこと、昔のこと、これからのこと、どんな話も。

この春、石牟礼さんの訃報を聞いてしばらく経ったころ、お父さんが亡くなられた。送ってもらった甘夏の種から育てた木が、九年経ってようやく花をつけた春だった。お父さんは、石牟礼さんに導かれてたどりついた、わたしたちの天草だったと、今思う。

（『京都新聞』二〇一八年一一月一五日）

ひとりの時間

直　美

「学生には笑われるんだけれど」と言いながら、大学で教鞭をとるその人は、鞄からレジャーシートを取り出して広げ、寝転んだ。子どもたちで賑わう、休日の児童公園で。そう言われて見上げれば、葉っぱの落ちた桜の枝の向こうには、はじめて顔を合わせる機会であったそのときを緊張して迎えていたわたしの上にも、うすく青い、いつもの空が広がっていた。

鞄にはいつもレジャーシートを入れて持ち歩いているというその人は、多忙な生活のなかで、自分自身に立ちもどるためのスイッチを意識しておられるのだろう。

家が仕事場であるわたしの生活では、一日のうち空を見ることは多くない。それから、ときに空を見上げるようにしている。たしかに、寝転んで見上げれば、地面に垂直に立ち、直面していたあらゆることは視界の下方へ滑り落ちていく。そこにあるのは、世界とわたし。あるいは、たったひとりのわたしだ。

それは、子どものころの記憶を呼び起こす。家族のなかでも友だちのなかでも、ひとりという意識のスペースがいつも十分に確保されていたころ。なすべきことに追われる生活のなか、いつからそれは贅沢になったのだろう。昨年、ようやくスマホを持った。あらゆる情報が出先で手に入るけれど、なんだか室内が広がっただけのような気もする。便利さに勝てず、つい道順を調べ、メールをチェックする。時間を節約したようでいて、ますます忙しくなる罠。ひとりの時間はますます圧迫される。

でもいっぽうで、もの心ついたときからネットとスマホに囲まれて育っている子どもたちには、きっとまた、わたしとはちがうひとりの時間があるのだろうとも思う。

みずからを百姓と呼んでいた祖父は、当然のように天気の行方を読みながら畑に立っていた。その世界は、風や雲や太陽の動き、そして地域のさまざまなつながりで成り立っていたのだろうと思う。たとえば、そんな生活から縁遠い暮らしをするわたしの子ども時代にも、豊かと言えるひとりの世界があったように。わが子もこれから、わたしに理解できないかもしれない時間を過ごして、果てない世界とかかわっていくのだろう。

家の前に腰かけて、通りを眺めているお年寄り。

鴨川べりで川の流れを見ている老若男女。

公園の砂場で、あるいはお人形を持ちながら、ちいさく独りごちている子ども。自分自身に立ちもどっているだろう人の姿を見るとき、わたし自身のひとりの時間はぐんと広がって、祖父や子どもの、あるいは名も知らない人のそれとつながる。それぞれの場所で見上げる空が、たったひとつの空であることにも似て。

あれから、空を見上げるようにしている。あの日、鞄から取り出されたレジャーシートと桜の枝の向こうの空は、ひとりをたぐりよせた記憶として、遠いいつか思い出す気がする。

（『京都新聞』二〇一九年一月一七日）

となりの空き地

直　美

住居を兼ねている店のとなりは、空き地だ。もとは三軒長屋であったうち、端の一軒がとりこわされたのだ。コインパーキングになることも免れて、それは、西陣の家や工場が密集するなかに不意にぽっかり現れる。一〇年前に入居したときから変わらない。

砂利が敷かれているが、ときどき、タイルや陶器のかけらが落ちていることに、この場所でかつて営まれていた生活を感じる。子どもが「宝物」と称して拾ってしまって、今はほとんどないけれど。

敷かれた砂利を押しのけて、草が生える。それでも冬のあいだは、茶色く枯れて、まるで眠っているようだ。ひと冬に一度か二度雪が積もる日には、きれいな雪が長く残るので、子どもが喜ぶ。でもたいていは、誰に振り向きもされずに、ただ、そこにある。

光から春の萌しが感じられるころになると、小さな緑が芽吹く。小さな虫たちも動き出す。ハコべが小さな白い花を咲かせ、ホトケノザが背を伸ばす。桜が盛りを迎えるころになれば、それは怒濤のようにやってくる。タンポポ、ペンペン草、スミレ、カタバミ、ポピー、名前を知らない花々。光る新芽が出て、蔓が伸びる。どこからか飛んできた種なので、どんな花が咲くか、どこにどれだけ咲くかは毎年ちがう。今年はペンペン草を見なかった。スミレやポピーが咲きはじめたのは、数年前。オレンジ色のガラス細工のような花びらのポピーが好きなので、毎年種ができると、それを空き地のほうぼうにまく。

石ころをのければ、ダンゴムシが、ミミズが這っている。ときどき雀が何羽も来て、話をしている。鳩が来る。ちょうちょも蜜を吸いに来る。春から夏にかけて、ここは静かな賑わいに満ちる。いよいよ蒸し暑くなれば、ドクダミが白い花をひらく。冬になれば枯れるけれど、いちばん奥のはしっこ、同じ場所に、毎年ひっそりと芽を出す。もしかすると、お家がまだあったころから咲いているのかもしれない。今年もまた、同じ場所に芽を出した。梅雨に入るころ、きっとまた花が咲くだろう。

うだるような夏が来れば、ふたたび時がとまったようになる。ここに咲く多くの花は終わって、青々とした草が伸びるのを、むしる。手が負えなくなる前に、むしる。ただし、ねこじゃらしは子どもが喜ぶから、引かずにとっておくと、それは秋口まで風に揺れて、やがて枯れてゆく。そうして、風が冷たくなるころには、ほとんどのものが茶色く枯れ果てる。
この店を開いてから、日常の風景を支えていたさまざまのうちのひとつが、となりの空き地であると思う。勝手に生きている草や花や虫たちに、勝手にほっとしたり、拝借したり、昔の記憶をたどったりして、なんとなくつながりながら、隣りあって生きていく。「空き地」とは、人間の一方的な命名だけれど、気づけばそんなふうに名指される場所こそ、何ものでもない自分が息をするための代えがたい場所であったのだと思う。

（『京都新聞』二〇一九年五月一七日）

引っ越し

直　美

一〇年生活した場所を移転することになった。六月六日から古本屋の営業は休業、移転作業に入っている。新しい店舗と住まいは同じ上京区、自転車で移動できる距離だ。とはいえ、ここにやってきて、古本屋を開き、子どもも生まれて、いろいろためこんでいる。何を捨て、何をこの先にまた持って、あるいは引きずっていくのか。引っ越し作業は、予想通り遅々として進まない。

それでも、店の壁を隠していた大きな本棚を外し、本を段ボールへと入れていけば、店内を満たしていた、持ち重りのするような空気は、風船の空気を抜くように、すっと抜けていった。入居前の状態に近づきつつあるはずだが、「元に戻る」という感覚ではない。それは、当然あるべきものがないということ。一〇年というのはそういう月日なのだろうと思う。

本も生活用品も、段ボールに詰めていく。段ボールが積みあがってくれれば、新居へ移動させる。

それにつれて、新居の段ボールが少しずつ増えていく。どちらもまだ、段ボール、段ボール。

　生活に困ることのないようにと考えていたつもりだったけれど、予想外のものが予想外のときに必要になり、今となっては、段ボールの海のどのあたりにあるのやら。見当まではついても、もう一度開けるほどのことはほぼしない。ありあわせの生活が続く。「そこに当然ある」はずのものに目をやったとき、あるいは手を伸ばしたときに、そこに空っぽの壁しかないということを何度かくり返すうちに、日常の生活がすでにないことに気づく。

　今、わたしたちには帰る日常がない。まるで、旅先にいるような生活だ。ご飯を作っても、仕事をしても、何をしていても。

　一〇年前に越してきたときには、新しい、つまり今出ようとするこの場所に日常を積み重ねていくことが、ただ楽しかった。それは、当時わたしが出たのが実家で、そこには親が住んでおり、また帰ってこられる生活が変わらずあると思っていたからかもしれない。でも本来、どんな状況であっても、以前と同じ時間にも、日常にも、戻りようはない。わたしたちは、ただ時の流れにのって進んでいくしかないから。

　さまざまな人が、さまざまなかかわり方で、わたしたちの日々を形作ってくれていたことを思う。わたしたちの生活が今大きく変わろうとするように、多くの人たちのそれもほんとうは、少しずつ変わっていたはずだ。にもかかわらず、わたしはそのことを忘れ、あるいは目をつぶり、「変わらぬ日常」と思い込んできたのだろう。そのことに堪えきれずに見ていた幻想こそが、日常生活と言えるのかもしれない。

けれど、それでもまた知らず知らずのあいだに、わたしは新しい場所でその幻想を持つのだろう。そしてふたたび遠いいつか、ずっと続くと思い込んでいた、と思ってしまうような気がする。

（『京都新聞』二〇一九年七月一二日）

新しい家

直美

新しい店舗ともなる住まいは、下長者町通七本松を入った路地の奥にある。祇園祭で町がにぎわうころに生活の拠点を移したから、ここでの暮らしはそろそろ二カ月。路地から真夏の太陽の下に這い出て、たいていの場合は、七本松通りを北へ南へ、うろうろする日々だった。暮らしを成り立たせていくのに必要なものを買うのに、元の家から荷物を運ぶのに。

このあたりの七本松通りは、道幅がたっぷり広い。その両側には、お寺や家や店やコインパーキングが行儀よく並ぶ。そしてその上にぽっかりと広がるのは、日々の空だ。ときに真っ青に輝き、あるいはうすく曇り、夕方にはほんのり染まる。空の底には電柱をつなぐ電線が、ゆるんだ糸のような縫い目をはりめぐらせていて、それをくぐって届く風や光は、どこかのんびり見える。

北へはゆるやかに長く続く上り坂。丸太町通からわが家へ北に自転車をこぐときは、まわりの景色もゆっくり流れる。ひっそり佇む古い家、ビニールプールの干してあるぴかぴかの家。プランターに大きな葉っぱが見えるのは、何を育てておられるのだろう。お寺の塀ごしにのぞくお堂の屋根は、どっしりしたやわらかな曲線で空に浮き上がる。人も車もそれほどは多く通らない。

一時間に一本ずつ、北行きと南行きのバスが通る。昨年復活した路線だそうだ。新しいバス停が初々しい。バス停というのも、それぞれの顔がある。田舎のそれには、ベンチに手作りの座布団が敷かれていたりして。このバス停はまだ、顔ができていくところ、といった趣だ。

わが家の近くから、はるか南に見えるのはJR山陰線の高架。あの線路を伝っていったら、子ども時代から二〇年を住んだ亀岡につながるのだなと思う。家の二階にいるときに、生活の雑音よりずっと遠くから響いてくる電車の音はあそこからやってくるのだろう。亀岡の実家の二階で机に向かっているときも、遠くの電車の音を耳にすることがあった。同じ電車の音を今またここで耳にしている。山を越えた、あちらとこちらで。

それにしても、机に向かっているときにいつのまにか耳から入ってくる音というのは、昔と今を混同させる。お隣さんの戸が開く音、わが家の階段を昇る音、どこかのテレビの音。どこからか犬の声がして、ふと頭に浮かんだのは、もうとっくに死んでしまったかつてのご近所の犬だったりする。ともに住む家族も、まわりの環境も、わたし自身も、もうだいぶん変わったというのに、机に向かうときの自意識というのは、二〇年前から変わっていないのかもしれない。

新しい場所で日常を形作りつつあるあわいの時間、目にうつるもの耳に入るものはまだ、明確な輪郭を持たずに、色とりどりの印象とともに飛び込んでくる。それを少しでもとりこぼしたくなくて、今はまだ、最後の「非日常」にしがみついている。でも、それももうあと少しなのかもしれない。

（『京都新聞』二〇一九年九月一七日）

うつろう

直　美

　前の店舗から自転車で一五分ほど、下長者町通七本松の路地の奥に引っ越しをした。かつての店舗もわかりづらい場所にあったけれど、さらに見つけづらい場所で、申し訳ないなあと思う。路地の奥ののれんをくぐり、靴を脱いであがっていただく。新しいカライモブックスは、機織りのされていた一室だ。移転については叶ったこと叶わなかったこといろいろあるものの、生活をし商売をする拠点として、気に入っている。光が入り、風が入り、おとなりの木の、葉擦れの音が心地いい。明るく静かな場所だ。

　買い物へ行くにもどこへ行くにも、七本松通をたびたび自転車で行く。傾きかけた古い家、道路の隙間からねこじゃらし、夏のあいだには、葛の蔓が伸びていた。ひと気のないコンクリの建物、長年使われてないだろう小屋の色あせた看板、待っている人をほとんど見かけないバス停。道路の幅は広く、人も車もそれほど多くはないこの通りには、言いようのない懐かしさがある。

その懐かしさの源泉をたどって目を凝らせば、きれいに整えられた家や店の隙間から、滲みでるうつろいゆく気配。それは、ひそやかに町の整然さをつきやぶり、じりじりと人間とせめぎあっている。なんだって、いずれは移り、去り、朽ち、消えていく。更地になって、立てられた「売土地」看板のまわりには、いつのまにか緑が揺れる。

二〇〇九年のオープン以来、ご近所の人ばかりに助けられてきた店ではない。関西、いやもっと遠くから多くの方が、足を運び、オンラインショップで本を買い、いろいろなことを教えてくださったからこその今がある。

ただそれでもやはり、暮らしや仕事の拠点となる場所からは、有形無形のさまざまのものを与えられ、わたしたちは意識する／しないにかかわらず、多くのものを受け取ってきた。店のあり方も、毎日の暮らしのあり方も。そしてそれはおそらく一方通行ではなく、まわりの人たちが、わたしたちから受け取ってくださったことも、きっとあっただろう。本を通じたやりとりからばかりではなく、ただ、そこにわたしたちが住み、子どもを育て、仕事をしていたその時間の積み重ねから。

二〇〇六年にはじめて水俣を訪れてから、いつか水俣に住めたらという思いを漠然と抱くようになった。今回の引っ越しは、その思いを現実に叶えるひとつのチャンスでも確実にあったのに、それを叶えられなかった理由を説明することは、誰かにも自分自身にも難しい。勇気がなかったとは言えるけれど、それだけではない何かがたしかにあって、でも、そんなふうに場所と相互に通いあう何ものかの存在は、理由のひとつとして挙げられるかもしれない。オープンして一〇年、この土地にあったからこそ、わたしたちの今の生き方がある。

水俣に住むのに、わたしたちは何をどうすればいいかがまだわからない。それは、あらかじめ頭で思い描けるようなものではなく、試行錯誤のなかでしか見えてこないのだろう。今はただ、すべてはうつろいゆく、ということだけを確かなものとして、この新しい場所での時間を始める。

（「唐芋通信」一一三号、二〇一九年一〇月）

さあ、みっちんねるで

順平

「ねえ、まだあのことをおぼえている？」とは、Nさんには言われない。言ってほしいなあ、と思っているだけだ。

「なんで、水俣に住めなかったんですか？」と、また、たびたび言われることになってしまった。ぼくは、いつになってもこの質問に答えられない。そもそも、舌をうごかして応える気がないのかもしれない。

昨年の年末に大家がなんの言葉もなく東京の地上げ屋にカライモブックス一帯を売ったのだ。抵抗しながらも、水俣への移住計画を練った。水俣にも三度、物件を見にいった。親しい人たちにはとうとう水俣にいっちゃうよ、なんていかにもうれしく言っていた。家賃は固定資産税だけでよいよという不知火海まですぐの古民家も見つかった。なにより、水俣に暮らす友人たちがチーム・カライモという名のカライモブックス水俣移住支援チームを結成してくれたのだ。こんなに、うれしいことがあるなんて、水俣に通いはじめたときは知らなかった。大家と地上げ屋へのむかつきを越えるうれしさだった。むっちゃ、うれしかった。

あのころの水俣はNさんとぼくと石牟礼さんしかいなかった。友人はひとりもいなく、というかつくろうとすらしていなかった。相思社にもほとんどいっていない。ただ、石牟礼さんの本と水俣の地図を持ち、歩いたことのない道を歩いた。それだけだった。そして、よく迷った。だけど、迷ったという気持ちはなかった。どこを歩いていても、迷ってはいなかったのだ。水俣を歩くことは、恋そのものだった。どこまで歩いてもあのころの水俣は、石牟礼さんとNさんとぼくしかいなかった。あんなふうに、もう、水俣を歩くことはできないだろう。ほんとうに、よい思い出だ。いまは違う。まず、みっちんがいる。そして、友人がいる。友情は恋を越える。これは、ほんとうだ。いま、水俣にいくとすっごいたのしい。だけど、だけど、あのころをついつい懐かしむ。いまのほうが、水俣にも石牟礼さんにも近いはずだ。だけどだ、あのころのほうが近かったのではないかと懐かしむのである。静かだった。「みなまたのふねはにじいろか」と、むかし、みっちんは言っていた。

ぼくは、水俣移住がたのしみで仕方がなかった。だけど、はじめは乗り気だったNさんが水俣移住に反対になった。「いまよりごうていやったら、きょうとでもみなまたでもどっちでもええで」

と、みっちゃんは言っていた。ひとりで水俣移住も考えたけどやめた。ぼくは、まだあのことをおぼえているのだ。

ぼくの心には水俣がない。石牟礼さんの言葉がない。Nさんはちがう。どこに暮らしても水俣があり、石牟礼さんの言葉がある。ぼくは水俣に暮らすことによって、らくしようとしていたのだ。水俣に暮らせば、水俣に暮らすだけで、このどうしようもない自分がほんのすこしはどうしようもなくはなくなるんじゃないかと、ふふふと夢想していたのだ。あああ、むなしい。「おとうさん、こころはうごかへんやろ」と、みっちゃんは言っていた。ぼくは、まだあのことをおぼえているのだろうか。

大家むかつく、地上げ屋むかつく。むっちゃむかつく。さて、いろんなことをはしょり、九月二日に同じ上京区で第二次カライモブックスは開店した。第二次カライモブックスは路地にある。もちろん車は通れない。通りすがりの人もいない。ぼくが育ったのも西陣の路地だった。車やバイクが通らないから遊びほうだいだった。路地のまんなかからへんに井戸があって、石を落としてよく遊んだ。なにより、静かなのだ。窓をあけても、路地に暮らす人たちの音だけが聞こえる。なんと、心地よい。子どものころを思いだす。いまは、みっちゃんがこの路地で遊んでいる。向かいのUくんとよく遊んでいる。なんとも、たのしい。

きのう、こわくていってなかった第一次カライモブックスをみてきた。ほかの人が言っていたとおり、更地になっていた。土ばっかりになっていた。ここに、暮らしていたのだろうか、なんか、思いだしにくい。「こうえんができたらええんやけどなあ」と、みっちんは言っていた。

「京都にいてくれてよかった」と、たくさんの友人やお客さんに言われた。この言葉はほんとうにうれしい。涙がでる。思いだしても、涙がでる。だけど、だ。ただ、だけど、だけど、だ。狂おしいのだ。いま、ぼくは京都に暮らしていることにまったく後悔はしていない。むしろ、新しい家を、このあたりを猛烈にたのしんでいる。毎日、たのしい。けっきょく、ぼくはどこに暮らしてもたのしいんじゃないだろうか。もちろん、Nさんがいて、みっちんがいて、カライモブックスがいないと嫌だけど。だから、ずっと、どうしようもないままなのだ。どうしようもないのが続くのだ。水俣に暮らしたかった。これはほんとう。京都で暮らすのも、たのしい。これもほんとう。ふたつとも、ほんとうだし。ふたつともいるのだ。わけてはだめなんだ。京都にもいるけど、水俣にもいるんだ。そして、京都にもいないし、水俣にもいないのだ。

今夜もみっちんと、Nさんが読んでくれる昔話を聞くのだ。

「いきがぽーんとさけた」と、昔話のさいごにみっちんは言う。

「さあ、みっちんねるで」と、Nさんは言う。

（「唐芋通信」一三号、二〇一九年一〇月）

ときには心のままに
声を出せることがあるかもしれない

よあけ

順　平

ああ、Nさんだきしめて。まず、いちばん書きたいことをいちばんはじめに書く。まず、ここからだ。

「ああ、Nさんだきしめて」と、いちばん言いたいことを言えたのは、三月一九日。ギックリ腰になったからだ。ギックリ腰になって、腰が自分のものじゃなくなり、身体の換気がよくなったからだ。

いちばん書きたいことは、きっといちばん書きやすい。いちばん言いたいことは、きっといちばん言いやすい。そう、思って、いま、生きている。

二日の間ふりつづいた雨がやんだ。強い風。郵便局まで歩く、たくさんの桜の花びらがすぐそこの空を飛び。強い風。ゆれている。強い風。ぼくはゆれているのか、ゆれているようにみえているのか。予断なくゆれているというのに、花びらのように葉のように。

きょうは、火曜日。カライモブックスの定休日だ。このことが、きっと、いま書けている理由だ。三日前の四月一一日からカライモブックスは閉店している。

一一日と一二日と一三日は、書けなかった。Word のまっしろの画面を前にして涙がでてきただけだった。きょうは、書ける。書ける。定休日だ。もともとカライモブックスは閉店しているのだ。こんな気持ちになったのははじめてではない。一度目は二〇一一年の春、東京電力の原発事故のとき。すこしでも西へと、熊本へと水俣へと逃げた。二度目は二〇一九年の春、立ち退きにより追い出されたとき。三度目が今回、二〇二〇年の春、新型コロナウイルス。

書ける。書ける。と、さっき、書いたけれど、書けなくなったので注文の本と手紙を持ってポストまで歩く。とちゅうで、みっちんと近所のこどもたちと会う。ブレイブボード(スケボーに似ているけどちがう。腰をひねると前に進む)で遊んでいる。「どこいくのー」と、みっちんは言う。「ポスト」と、ぼくは言う。「いつもどおりやな」と、みっちんは言う。「いっつもポストやなあ。もっとおもしろいとこいったらええやん」と、近所のこどもは言う。「そんなん、いま、ころなやで。むりやん」と、みっちんは言う。「あはっはっはっはあああ」と、ぼくは笑い声をあげる。ポストに本と手紙を入れて、来た道とちがう道で帰る。仁和寺街道を東にいくと桜の木があるからだ。桜の花びらがいまにもいまにも空に浮かび。ゆれている。しばらく眺める。さあ、帰ろうと歩く。桜の花びらはぼくを追いこしていく。下長者町通を曲がったらみっちんと近所のこどもたちが遠くにみえた。「いま、なんじー」と、みっちんは大きい声で言う。「さんじじゅうごふーん」と、ぼくは大きい声で言う。

四月一五日。水曜日なので、きょうももともと定休日。明日からは、閉店となるのだ。Nさんが図書館で借りてきた絵本『よあけ』(ユリー・シュルヴィッツ作・画、瀬田貞二訳、福音館書店)を、読む。すばらしかった。よるのみずうみ。おじいさんと孫は起きる。水をくんで火を焚く。よあけまえの湖におじいさんと孫は舟をだす。よあけがくる。という絵本だ。みっちんは、よあけをみたことがない、と言う。よあけがみたい、と言う。今週、三人で鴨川によあけをみにいこうということになった。いつも近くにいる人たちとよあけを一緒にみる。夜が朝になる。ひろくてくらい空があかるくなっていく。こんな驚嘆することが毎日、起きている。ほんとうなのか。みよう。ぼくたち三人がいつも近くにいるということも、驚嘆することなのだ。いろいろ、思い出さなくてはいけない。もう、会えない人に「会いたい」と、書くように。もう、会えない人に「会いたい」と、言うように。いま、三人がここにいることも、嘘のようなもの。

よあけはくる。よあけをみよう。このめでみよう。ほんとうに、よるがあけているか。川が山が空がいろづくのをみよう。よあけ。よるがあける。よるがあける。

いちばん書きたいことが、いちばん書きやすい。いちばん言いたいことが、いちばん言いやすい。

こういうふうに生きる。生きれる。ぼくは、日本語が話せる。生まれたときには、話せなかった日本語が話せる。日本語はもともと、持っていなかったものなのだ。自分のものじゃないもの。そう、自分のものじゃない言葉だから自分の気持ちを言えるのだ。自分の気持ちを書けるのだ。とってもかんたんなことだ。ぼくをだきしめてくれるのは日本語で、日本国ではない。

（「唐芋通信」一四号、二〇二〇年五月）

鈍さをとめおく

直美

四月一一日から店舗は休業に入った。オンラインショップのみの営業とし、これを書く今、一〇日ほど経ったところだ。実際のところ、わたしたちの生活のあり方はそれほど変わらない。お店は開けていてもたいていてい暇で、日々あまり多くの人には会わないし、職住一致なので、外に出ることも少ない。でも、家にいながらこれほど店を開けずにいるのは、妙な感じだ。生活を成り立たせる術に手と頭を動かす日々。

SNS上では、古本屋ふくめいろいろな店が、通販やテイクアウトを営業のメインにするなど試行錯誤をするなかで、自身の店の状況や思い、しばらくの展望を表明している。それにくらべて、わたしはぼんやりしている、と思う。今わたしはどんな心境なのか、自分でよくつかめない。この状況をどうとらえればいいのか、わかっていない。いろいろな情報に触れて、日々ゆれうごく。

こんなことが起こるとは思わなかった――、それだけははっきりした感覚だ。九年前の福島第一原発事故後、同じように思ったが、その後も大きな災害は続き、自然災害はいつ起こるかしれないことを忘れる暇はなかった。それでも、ウイルスによる感染症が世界をこんなスピードで席巻していくことは頭になかったのだ。まったくぼんやりしている。新型インフルエンザの流行はたった一一年前のことだというのに。

テレビもSNSもこのウイルスの話題一色で、この一種の非日常は、二〇一一年の震災後を思い起こさせる。何をするべきか、どう考えるべきか、とても冷静になれない頭で、冷静になろうとしていた日々だった気がする。ただ、今は二〇一一年の心境とはちがう。どうも、あのときほどの動揺が自分にはないようなのは、どうしたわけだろう。今回は、わたしたちの命にただちに影響がある問題なのに。

ウイルスと東電の放射能はまったく問題がちがうから、だろうか。たとえば二〇〇九年に流行した新型インフルエンザウイルスは、多国籍企業による畜産工場の劣悪な環境から生まれたと言われている。今回の新型コロナウイルスについても、まだ詳細はわからないとはいえ、人為的な要因があるのかもしれない。それでも、やはりウイルスに死ぬことには観念できるというのか。

あるいは、九年前まだ子どもは赤ん坊で、乳幼児や胎児は放射線への感受性がもっとも強いと言われたから？　今回は、日本以外の国ですでに流行があり施策があり、それらが参考にできるから？　すべて、嘘ではないけれどそれだけでもない気がする。

そして二〇〇九年の新型インフルエンザ流行時の記憶がほとんど抜け落ちているのは、なぜだろう。若い過信か、ものを考えていなかったのか。


自分や家族が死ぬことを想像すれば、とても受け入れがたく、怖い。怖いから、手洗いはそれなりに一生懸命にして、させて、外出も控えている。ただ、それでもそこに、度を失った九年前との温度のちがいがあるのは、ウイルスに死ぬこと、それは生き物としてありうることなのだろうという思いが、やはりどこかにあるのかもしれない。

このウイルスの流行で停滞した経済活動により、大気汚染が改善したというニュースに、ここまでしてやっと、と思う。天草の山中に住む人に電話すれば「ふだんから人に会わない」と笑って言われる。たしかにそのとおりだ。お米だって作っておられるから、飢えることもないだろう。自分が生きる足もとの、なんという心もとなさ。

人間の活動が地球に大きな影響を与えすぎて自身の存続さえ危ぶまれているのに、いつまで経っても変われず、若者のあげた声に向きあうことができないこの世界。二〇一一年を経てさえ、原発が稼働しているこの国。日々くりひろげられる政治の茶番。うんざりだ。

はやくこのウイルスが人間と共生できるくらいに弱まってくれれば、と思うけれど、渦中にいるわたしたちに、これからの展望はまだ見えていない。

あと数週間後、数カ月後、この文章がどんな意味を持つのか、はなはだ心もとない。ただ、二〇〇九年を経て、二〇一一年を経たはずのわたしの、ある種の鈍さをとどめおこうと書く。自分が空っぽであることを恐れながら、書く。（二〇二〇年四月二三日）

（「唐芋通信」一四号、二〇二〇年五月）

透明な時間

直　美

ひょんなことで数日の入院をした。憩室炎という腸の炎症で、しばらく点滴につながれることになったのだ。

急なことだったので受診したその夜は自宅に帰り、翌朝からの入院とさせてもらうことにした。小学生の子どもに直接説明しなければと思ったからだ。帰宅したころにはもう夜も更けており、子どもはともかく事情は理解したというような顔ですぐ布団に入り、翌朝は笑顔で見送ってくれた。子どもが納得しなければ、それはやはりひとつの気がかりとなる。聞き分けてくれたような様子にほっとして、病院へ向かった。

一日を過ごす病室は、とても静かだ。と書いて、いやそうでもなかったはず、と思い直す。同室の方もいれば、廊下から飛び込んでくるいろいろな音や声を聞くともなく聞いたりしていたのだから。誰も来ない古本屋のほうが、ひとり編集仕事をしているときのほうが、はるかに静かなはずなのだ。

でもふだん、とくに仕事をしているときの頭のなかは忙しい。これをして、その次にはあれをして、というのが常で、そのあいまに「しまった」とか「どうしよう」が挟まれる。張りつめては弛み、浮いては沈む。さらに「おかあさーん」と呼ばれるのに応じ、空模様を見て洗濯物を入れたりもする。

静かだったのは、よく考えれば、わたしの頭のなかなのだった。わたしにかけられる言葉以外、そのまま聞き流してしまっていい。真白い空間に、ただ点滴液のきらめき落ちゆくさまを見ていていい。本を開けば、思うままに入り込んでいていい。わたしは透明でいいのだ。

家のことは夫がする。子どもはやはり淋しがっているようだったけれど、まあ仕方がない。帰りたくとも帰れないのだから。そう思えば、引きのばされ均《なら》されたような病院での時間は、気持ちだって予想以上に平らかで、予想外にのびやかですらあった。

ところが——入院を勧められた際、通院でいけませんかと言ったのを考慮してもらったのかもしれない——、標準的には一週間ほどと言われていた入院の三日目に、希望するなら、と退院の許可が出た。その言葉を聞くや、平らかでのびやかな気分はかげり、さあ帰らなければと気がはやりだす。嬉しさのなかに、一片の名残惜しさとそのことへの罪悪感をどこか棘のように感じながら、短い入院は終わったのだった。

家に帰ってもしばらくは、寝たり起きたり。家事も仕事もいろいろ後回しだ。それでももう、透明なわたしではいられない。

ふだんから、好きなように生きていると思っている。家事も育児も仕事も夫と分担し、自分の仕事が切羽詰まれば部屋から出ないことも間々ある。それでも、したたかな役割と関係性は確かにあり、それが日々の暮らしを形作っている。不意にそこから飛び出てしまったとき、その強固な意識と、それと裏腹な日常のもろさを感じるのだろう。

日常に戻った今ふり返れば、あの透明な時間は、まるで夢のことのようだ。


(『京都新聞』二〇二〇年七月二日)

自分の声を聴く

直美

「女の子は弱いの？」

夜布団の中で、九歳の娘が尋ねた。聞けば、漫画などで、男の子は元気に動き回っているけれど、女の子はおとなしくしているのがいいみたいだから、と言う。わたしは、元気な女の子が活躍する物語はたくさんあるし、現実にそういう女の人はたくさんいると言ったが、そんな葛藤を持つことなく、子ども時代を過ごしてきたわたしにとっては、かるい驚きもあった。

「女の子」の理想のように描かれた像と自分のあいだにへだたりを感じ、それに立ちどまることができるなんて、そしてそれを言葉にして問えるなんて、なんてすばらしいんだろう。ぼんやり過ごした自分の子ども時代をふり返って思った。わたし自身は、「女の子」を理由に褒められたり咎められたりした覚えはない。それでも、知らず知らずのうちに世間の理想像を内面化していることを大人になって自覚し、苦く思うことはある。

子どものころといえば、わたしはそのときからひとりでいるのが好きだったから、いつも大勢の子どもがいる学校は居心地が悪かった。たとえば、休み時間に遊ぶ内容が決められていることの不満を漏らして非難の目を向けられたとき。みんなが楽しみにしている行事が憂鬱なとき。自分とその外側のあいだにある断絶に、言葉にしがたい重い気持ちになるのだった。

高校に入学して、先生が言われたことを今も覚えている。「全員と仲良くなる必要はない。ビビッドカラーの人は、さまざまなビビッドな色合いの人と、パステルカラーの人は、さまざまな淡い色合いの人と交わればいい」というような内容だった。今から考えれば、当たり前のことだ。でもその言葉は、当時のわたしをずいぶんほっとさせた。それは、もしかしたらわたしも集団を楽しめるのかもしれない予感でもあったし、そして「みんなと仲良し」を是とする価値観が苦痛であっていいと認めることでもあった。その先生の言葉にやっと、自分の正直な思いを肯定できたのだった。

娘の言葉に思い出したのは、そういう記憶だ。自分の思いや希望に、ふさわしい言葉をあてて認識し、表現するのはいつでも容易にできるわけじゃない。子どもにとって、それが大人の意図に反するものならよけいに。子どもは、たぶんほとんど正確に、大人社会の空気や意図を読み取っている。なにげなく発したかのような先の娘の問いも、その「理想像」と異なる価値観がたしかに存在するがゆえに、そして親であるわたしがそれを理解するだろうと思うがゆえに可能だったかもしれない。独りよがりを恐れず自分の声を聴くことは、社会に生きる人間にとって、意外にたやすくない。

「社会」や「常識」は、たとえば、家族の言葉に、友だちのふるまいに、周囲の視線に、漫画のセリフに、ニュースの言葉になるだろう。わたしたちは、そのはりめぐらされた網の目のなかに暮らしている。そこに無数の声を感じながら、それにからめとられることなく、自分の声に耳をすます。なにより自分自身に対して、やわらかく耳をひらいていてほしいと娘に思う。

（『京都新聞』二〇二〇年一〇月一二日）

遊園地

直美

誕生日には遊園地に行きたいという子どもの希望にこたえて、家族でひらかたパークに行くことになった。遊園地には、中学生のときに学校の旅行で行ったのが最後か、あるいは、それもさぼったような気もするが定かではない。幼いころに家族で出かけて楽しかった思い出はあるのだけれど、みずから遊びに行きたいと思ったことはなかった。そもそも、ジェットコースターなどに期待されるのだろうスリルのようなものは、わたしは必要としていない。日々を生きているだけで十分足りている。

だから、自分はともかく、子どもが楽しめればそれでいいと思って行ったのだった。一日遊んでわかったのは、乗り物に酔いやすい者には、それなりに苦難続きということ。そしてもうひとつ、一方でその、足が地上から離れて振り回される世界は、見るもの感じるものが新鮮なのだった。

空に近づき、また離れる。風を切って疾走する。上下する。揺れる。回る。大きな波に乗っているような。体ごと空へ飛ばされていくような。子どもの希望のままにつきあいながら（気に入る乗り物は何度でも乗る。いかにも恐ろし気なものには目もくれない）、乗っているあいだじゅう、目の端にはずっと、空が映り込んでいる。ひらけた場所で、動く椅子から見上げる空は、普段のそれよりもうんと広く大きく、グラデーションがあざやかだ。同じ乗り物に二度乗れば、同じ空もその色を変えていることに気づく。ぐらぐらと、びゅんびゅんと、あるいは体がななめになって空を見ることはないので、できるだけ空を見上げておく。

ずっと軽く酔っているので、気分は実のところよくない。それでも、閉園まで子どもにつきあいつづけたのは、せっかくフリーパスを買ったからという貧乏性と、毎日の生活では得ない感覚に引きずられたから。

わたしはスポーツをしないけれど、スポーツならば、体の動きを通して、外界ともっとダイレクトにつながる感覚がきっとあるだろう。その起点にあるのは、みずから体を動かすことだ。

今回わたしが驚いて、そして気に入ったのは、ただ身をあずけるだけという、一種のままならなさにあったかもしれない。わたしは疾走したくも回転したくもなく、そこにはなんの理由も解釈も理屈もない。ただその無骨な機械に体をゆだねれば、一瞬にして非日常の感覚と景色に放り込まれるのだ。それは、いつも見上げている空に、べつのチャンネルの感覚でつながるようなもの。そして(これは大切なことだけれど)、あっという間にちゃんと、地上へ、日常へ帰れる。

そんなひとときの無責任な異空間は、若干の気分の悪さと高揚とともに、何かがさらりと洗い流されたような感覚をもたらして、ふと、これがリフレッシュというものかと思えば、すとんと腑に落ちたのだった。

(『京都新聞』二〇二〇年一二月一四日)

ここではないどこか

直美

　コロナ禍と言われるなか、二〇二〇年は病院に縁遠かったわたしが例年になく病院にかかった一年だった。自分の体に思いを割く時間に一段落ついてみれば、この世界に体をおく位置がほんの少しずれたような感じがする。無限に続くかと錯覚するような真夜中の時間の広がりが好きだったのに、ぽつりと罪悪感がわくようになったことは、ひとつ残念だ。気に入っていた服に小さなシミをつけてしまったような気持ち。

　体の不調の話なんかをすれば、いらぬ心配をかけるかもしれず、それに大それた病気でもないのだから黙っていればいいとは思いながらも書いてしまうのは、それがこれまでにはない新しい経験だからだ。みな年を重ねれば、きっとなにかしらの不調を抱えながら、そんなこんなをあわせのんで日々を過ごしているのだろうと思えば、わざわざ書き留めるのも大仰で恥ずかしいとも思うけれど、それでも四十代の始まりにやってきた不調という波の感触を覚えておきたい。それは、わたしの今この時をとらえるからだ。

体の不調というのは、これまで否が応にもわたしそのものであった体を意識にのぼらせることだと、聞きふるしたことをあらためて思う。腸の炎症を起こしてから、腸は外界にふれるのだということを意識するようになった。これまでは、胃も腸も心身にすんなりなじんで、ほとんど意識することもない内臓のひとつだった。口から入ったものは喉を通ってしまえば、わたしのあずかり知るところでなかったものが、今、肌が外界にふれるように、腸も外からやってきた異物にふれているような気がする。とはいっても実際に感知しているわけではなく、気分のようなものだ。

その気分は、はるか昔生物の時間に見た、受精卵の発生過程の図を思い出させる。受精卵が細胞分裂を繰り返して成長していくうちに、その一部がへこんで中に入り込み、一本の管が作られる。それがゆくゆくは消化器になるという話だったと思う。そう思えば、肌だって腸だってひと続きという想像もそれほどかけ離れてはいない、ような気もする。

コーヒーが好きで、これまで一日に何杯も飲んできたけれど、あいかわらずコーヒーはいつだって飲みたいし、いつだって飲んでいる。腸がすいすい受け入れるから、平気だ。でも、お酒は腸に入れたくない感じがするので飲まなくなった。そんなふうに感じたことははじめてだ。

ひどく食べ過ぎたりしなければ、腸はもっとずっとおとなしいものだと思っていたのに、これまでわたしに付き従っていた影がすっと離れてみずから動き出したように、あるいは自我の生まれた子どもみたいに、なんだか主張があるようなのだ。これはいっときのことかもしれないし、しばらく続くのかもしれないけれど、体が言うことを聞かない、という言葉が生まれる瞬間に立ち会ったみたい。

でももしかすると、その声は年を経るごとに大きくなり、要求は多彩に、わがままになっていくのかもしれない。いずれは、そんないろいろの声を内に抱えながら生きることになるのだろうかと考えてみれば、ふたたび若いころのある瞬間を思い起こす。

二〇歳前後のある日、早くおばあさんになればいいのに、と思ったのだった。未来はどうにでも広がりうる可能性に満ち満ちているように見え、その果てしない可能性のなかを、わたしはこれからどれだけのあいだ走りつづけなければいけないのだろうと思えば、その途方もなさにうんざりとして、そのとき唐突に、ああおばあさんになりたいと思ったのだ。おばあさんは、果てない広がりをものともせず、足先に目を落とし淡々と歩いていく。それはたぶん、具体的な対象のない、それどころか実際にはおばあさんという存在すら関係のない、漠然とした、ここではないどこかのイメージだったと思う。

そう思えば、少しの不調がやってきたわたしは、もしかすると遠いかつての「ここではないどこか」を手に入れつつあるのかもしれない。わたしはもう果てない可能性に取り囲まれてはいない。

そう感じているのだから。のん気なことを言っていると未来のわたしが笑うかもしれないけれど、自身の奥底をひとり覗き込んでみれば、手に入れたほんの少しのままならなさに、今はやっぱり穏やかにいる。

（「唐芋通信」一五号、二〇二〇年一二月）

この部屋

順平

この部屋にいつもいる。みっちんもいつもいる。Nさんはいつもはいないけど、いる。COVID‒19が入ってきたけど、いつもここにいるので、ほとんど変わらない。ここに暮らす三人、朝ごはん昼ごはん夜ごはん、この部屋で食べる。金がないので、もともといま言われている自粛はしている。外食したい。外国にいきたい(三人とも外国にいったことがない)。読みたい本が買いたい。

この部屋にはアドベントカレンダーがある。みっちんとババの手作りだ。三年前から一二月になると飾るのだ。クリスマスツリーの形をしていて、一日から二五日までの日にちが書いてあるポケットがついている。朝になって、この部屋に入るとその日のポケットに、サンタからの小さいプレゼント(ポケットが小さいので)が入っている。

いま、この部屋にいる。炬燵に入っている。一二時ぐらいから一四時ぐらいまでは、窓際の机に向かっていることが多い。この時間は光が入ってくるのだ。すこしでも近くにいたくて、寒いけど、炬燵からでるのだ。

この部屋のタンスの上に、赤い缶が置いてある。その日の日にちが書いてある裏紙(毎日、みっちんが貼りかえている)が貼ってある。朝、この部屋に入ってくると、お菓子が入っている。みっちんが、入れてくれているのだ。「サンタはみちのしかくれへんやろ」と、みっちんは言った。今朝はラムネ味の飴が入っていた。

ひとりでは、あまりにもさみしい。ぼくは、ひとりは嫌だ。お風呂からでて、この部屋にNさんもみっちんもいないときがたまにある。二人、先に二階にあがってるのだ。これが、もう、ほんとうに嫌なのだ。Nさんは容赦ないので、みっちんにこの前、お願いした。みっちんだけでも待っといて、と。「まあ、ええよ」と、みっちんは言った。

この部屋の窓は、いま、みっちんに拭かれている。ボロ布と歯を磨かなくなった歯ブラシで。BTSを口ずさみながら。窓が開いているので、風が入ってくる。

本屋が好きだ好きだと言う人は、苦手だ。もちろん、ぼくも本屋は好きだ。ただ、本が好きだから、本が売っている本屋が好きなだけだ。本屋が好きだ好きだ、と言う人は本よりも本屋が好きだから、苦手なのである。この部屋の奥は本屋だ。本が売っている。ときおり、誰かが入ってくる。

今日は定休日だ。なので、誰かが急に入ってきて、本屋のほうにいくことはない。炬燵に入って、この文章を書いている。みっちんはさっき、近所の友だちの家にクッキーを作りにいった。静かで困ってしまう。みっちんはずっと話しかけてくる。話しかけてくるので、聞いてしまう。なので、作業が進まない。話しかけてくるなと言えばいいのだけど、みっちんはこの部屋にいる。ぼくもこの部屋にいる。同じ部屋にいるんだから、話は聞いたほうがよい。なので、聞く。なので、作業は進まない。

今日はクリスマス。みっちんの枕元には頼んでいた座椅子と頼んでいなかった白い恋人と手紙が置いてあった。サンタすごい。ぼくの枕元にはシードルとビールが置いてあった。Nさんの枕元にはコーヒー豆が置いてあった。ぼくはちょうど、シードルがのみたかった。サンタすごい。みっちんは、いま、サンタにもらった座椅子に座りながらこの炬燵で割り算をしている。「わりきれへんもんはあまらしといたらいい」と、さっき、割り切れない割り算でこまっているぼくに、みっちんは言った。「ほんまやな」と、ぼくは言った。この部屋に今日も光が入ってきた。約束はしていないけど、たぶん入ってくるんだろうなあと思っていた。勝手に入ってきてくれる、今日も。この部屋に。光や風やサンタや誰かや何かが、入ってくる。勝手に。

入ってくる。入ってくる。目にみえないものも、目にみえるものも。たくさんのものが入ってくる。この部屋。この部屋にいる。光が入っている。いま、Nさんが図書館から帰ってきた。サンタがくれたコーヒーを淹れようか。みっちんが食べてもええよと言ってくれたので白い恋人を食べようか。

みっちんは昼ごはんを食べて、近所の友だちの家に遊びにいった。Nさんとふたりでコーヒーをのんで白い恋人を食べた。うまかった。ぼくはこの部屋が好きだ。Nさんとみっちんと入ってくるものたちに、よい時間が続くことを願う。うん。ぼくたちは、わりきれなくてあまったものだ。あまったのだ。ここにいるということだ。決して、少数派の多数派にならないこと、心にとめる。来年も、お待ちしております。本屋をしています。

（「唐芋通信」一五号、二〇二〇年一二月）

植木鉢

直　美

引っ越してから日当たりのよい物干しができたので、小さな黒いポットに入った苗を買うことがある。花が咲くもの、葉が蔓が伸びるもの。

店頭で吸い寄せられるようにして買ってしまった草花の小さな鉢は、みんな少し風情が似ている。概して葉は小さく、あるいはうすい。花弁もまた、小さかったり、うすかったり、淡い色だったり。かといって、人に見せるためのものでもないので、統一感はなくばらばらだ。伸びるものは伸び、伸びないものは伸びない。花の咲くもの、葉を落とすもの。それでも寒さ厳しいあいだはみな、体を縮めて耐えているようで、なんとなく肩を寄せあっているようにも見える。

一方で、誰かから贈られてわが家にやってきた植物もあり、それらは贈ってくれた人の気配をほんのりまとう。天草から届いた甘夏の、種を植えて育てた木を移転先に持ってくることができず、やむなく挿し木で増やしたのは、それは天草のMさんの育てた甘夏だから。二〇〇九年の開店時にいただいたのは、やはりずっと「Iさんの極楽鳥花」だ。贈られた植物は、まるで返すことのない預かりもののような遥かなつながりをふくみもつ。

その点、自分で買ってきたものとは一対一。草花と、わたしだ。なんだか惹かれて買ってしまったものたちは、なんだか惹かれた理由があって、それはたとえば、アジアンタムの和紙のように薄く明るい葉だとか、切り花で求めた黄色い小さな蘭の、ふるえているような花の形であるとか。だからたとえば、茶色くなった葉を切ることも、しぼんだ花がらを取ることも、それはその美しさにわたしが手を入れられるわずかな隙間のようで、嬉しい。

でも、それらの実際の作業よりもわたしが好きなのは、葉や花に、いつもと変わりがないかを見ているその時間のほうかもしれない。寒すぎたり暑すぎたりしないか。水が切れたり多すぎたりしていないか。

それぞれの鉢を見るのは一瞬のことだけれど、いいなあ、ほれぼれするなあ、と思いながら見ているその時間は、目の前の植物とわたしに同じ時間が流れているような、もう少し思い切って言えば、草花とわたしのその境目がゆらぐような、そんな錯覚を期待できる幸福があるのだ。そういう思いにさせるのは、なぜだろう、店頭でなんとなく買ってきてしまうものたちが多い。

この冬はとくに寒さの厳しい日が続いて、外に出していた植木をいくつか凍らせてしまった。その目で近所を見てみれば、この寒さに耐えきれなかった植木がやはりいくつもある。凍ってしまった葉を切られた鉢、そのままの鉢、あらかじめビニールをかぶせて寒さから守られていた鉢。それぞれの鉢とそれを育てる人のあいだに、ほとんど言葉にされない密やかな関係が、きっとあるのだろうと思う。

（『京都新聞』二〇二一年二月二二日）

いつか、開いた窓で会いましょう

順平

魂がみえる、という貝殻を名護に暮らす友人が送ってくれた。カイコガイという名。光に透かすと、白色の殻が透明になり中央に黒いなにかが浮かび上がる。ゆれているようにみえる。ゆれるみえる。ゆれているのは貝殻をはさんでいる人差し指と親指、ゆれているのは貝殻のなかのなにか、なのか。いっしょに光に透かしている人差し指と親指は透明にならず、黒くなるだけ。ゆれないみえない。

痛むから、傷むから、言葉に光が差すとはかぎらない。光が差すとき、魂がみえるのかもしれない。ゆれるのかもしれない。そんな言葉が文学なのかもしれない。読みたい。文学を読みたい。書くのはやめにして。

「水俣湾産の魚介類に対する不安感や危惧感を抱くのが自然である。原因が解明されるまでの間、摂取を控え、特に子供には摂取させないようにするものと考えるのは極めて自然な成り行きといえる」と、言ったのは国と熊本県。「あなたたちは水俣病患者ではない」と、言ったのは福岡高裁。二〇二〇年三月、当時、こどもだった水俣病未認定患者の原告八人全員敗訴。二〇二二年三月、最高裁が上告棄却をして全員の敗訴が決まる。極めて自然な成り行きでニセ患者となった。極めて自然な成り行きなのである。自社の廃水が水俣病の原因だと自覚してからも九年間水銀を不知火海へ流し続けた、チッソ。チッソを操業停止にすることなく、不知火海の魚介類の漁獲禁止も摂食禁止もすることなく、水俣病で苦しんでいる人や不知火海や不知火海を頼りにしているたくさんの生き物より、チッソを心から大切にする国と熊本県。

いま、生きている。雨の音が聞こえる。雨の日はベランダに香料と化学物質のくっついた洗濯物の干されることが少ないので、不用意に窓を開けることのできる日が多い。窓の外は不知火海かもしれない、と窓を開けていたのは化学物質過敏症患者になるまえまでだ。いまはもう、窓を開けたら、香料の匂いがするか、香料の匂いがしないか、だけだ。窓を開けるという行為が希望ではなくなって、一年の時間が過ぎた。だけど、希望がなくなったわけではないし、不知火海が遠くなったわけではない。いまは耐えることができる。すべてを知ることがないからだ。死んだあとは、どうだろうか。この羞恥に耐えることができるのだろうか。まだ、死にたくない。ただ、生きるためには空気を吸わなければいけない、権力と暴力の香りがくっついたこの空気を。

羞恥、と書いたが羞恥ではない。羞恥ではないが、羞恥を感じずにはいられない。ただずっと暴力を受けているのに、羞恥を感じずにはいられない。ただずっと暴力を振るっているP＆Gと花王とLIONは、羞恥を感じることはない。それが暴力というものだ。権力というものだ。

自分がニセ患者になるとは思ってもいなかった。水俣病で苦しむ人たちを「ニセ患者」と、言い放つクソ言葉にずっとずっとむかついていたのに。自分がニセ患者になるとは思ってもいなかった。生きているとおもしろい、そう思う。傷みと羞恥をともなうが、やはりおもしろい。自分ではない人の傷みと羞恥はわからない。この事実にぼくは胡座をかいて生きていた。この事実を透かして、ぼくは水俣に通っていたのだ。透けてみえていたのは魂ではなく、醜悪な自我だ。水俣病で苦しむ人の傷みと羞恥は、水俣病患者ではないぼくにはわからない。仕方ない。事実だ。胡座をかいて水俣を歩いていた。さぞや、滑稽な歩き方だったろう。

化学物質過敏症患者よ、わかってはいるけど、信じることがむつかしいけど、ぼくたちが語ることは羞恥ではない。「神経質だ」「気にし過ぎだ」と、いうクソ言葉を聞かないすべはないだろう。だけど、羞恥ではない。痛みを傷みを一身に受けなくてはならない。だけど、羞恥ではない。化学物質過敏症患者よ、痛みを傷みを語ろう。痛い傷い、なぜ傷だらけの患者が語らなければいけないのか。語りたいわけないだろう。なのになのに心がちぎれそうになって語ったあとに残るのは羞恥とニセ患者。だけど、語ろう。自分ではない痛みを傷みを、わからないのに一緒になって苦しんでおろおろしてくれる仲間がいる。必ず、あなたの近くにもいる。あなたはひとりじゃない。ぼくたちは厄介者ではない、ニセ患者では決してない。語ろう。必ず、あなたの近くに仲間がいる。ぼくの近くにも仲間はいる。京都も日本もクソだけど、仲間はいる。仲間よ、ほんとうにありがとう、心の奥底から愛している。化学物質過敏症患者にぼくは語っている。だけど、この声が化学物質過敏症患者ではない者たちに漏れ聞こえることを願っている。この声が透けることを願っている。暴力を受けている者が語ることはむつかしい。暴力を受けていることだけで、もういっぱい、心はこぼれている。だけど、心をこぼして体をぬらしながら語る。ずっと、そうだった。ぼくは水俣でなにを聞いていたのか。お願いです。語ろうとしている者がいれば、聞いてほしい。信じてほしい。あなたが聞いてくれれば信じてくれれば、その語りは羞恥ではなく文学になる。あなたの魂をもゆらすことになる。極めて自然な成り行きも変えることができる。

ぼくは変わった。化学物質過敏症になるまえのように生きることはできなくなった。いろんなことをするのが困難になった。だけど、ぼくは、よりよく変わっている。胸を張って言える。ぼくは、よりよく変わっている。読んでくださって、ありがとうございます。愛しています。

◆化学物質過敏症・香害とは

化学物質過敏症とは、何らかの化学物質に大量に曝露したり、微量でも繰り返し曝露した後に発症する身体症状。香害とは、強い香りを伴う製品による健康被害のこと。体臭は含まれない。香害の主な原因は柔軟剤、合成洗剤、除菌剤、消臭剤、制汗剤、芳香剤、香水、シャンプー、整髪料、線香、防虫剤など（参考文献：『ストップ！　香害――余計な香りはもういらない』日本消費者連盟）。

ぼくはP&G、花王、LIONなどの洗剤・柔軟剤・消臭剤・除菌剤はもちろん、トイレの芳香剤や消臭剤、蚊取り線香に入っている香料などの無数の化学物質により健康被害を受けています。健康被害は人それぞれ。ぼくは喉と目が痛くなります。鼻水が出ます。息をするのがむつかしくなります。P&G、花王、LIONなどはチッソ（現JNC、水俣病原因企業）と同じように極めて自然な成り行きで、衣服を清潔にするという真っ当な洗濯には不要な無数の化学物質を、垂れ流し続けています。儲かれば、病気になる人がいても問題ありません。人いがいの生き物はどうなっても問題ありません。そういう社会に暮らしています。無香料の石けん・洗剤を使ってくださると救われます。あなたが心底びっくりするくらいに救われます。よろしくお願いします。

◆化学物質過敏症・香害を知る、おすすめの本とウェブサイト

- 『香りブームに異議あり』ケイト・グレンヴィル、鶴田由紀訳、緑風出版
- 『ストップ！　香害――余計な香りはもういらない』日本消費者連盟
- 『香害は公害――「甘い香り」に潜むリスク』水野玲子、ジャパンマシニスト社
- 『空気の授業――化学物質過敏症とはなんだろう？』柳沢幸雄、ジャパンマシニスト社
- 「日本消費者連盟」ホームページ「カテゴリー一覧」より「香害」（https://nishoren.net/category/

fragrance_pollution）

「香害をなくす連絡会」（日本消費者連盟が事務局）と、Ｐ＆Ｇ、花王、ＬＩＯＮと国とのやりとりを読むことができます。さすが、クソ言葉ばかりです。

•おかざき学級「「いいにおい」と危険な化学物質」（https://japama.jp/okazaki_class_hs 2-5/）

小学校教員・岡崎勝、ジャパンマシニスト社による一五分間の授業動画。

（「唐芋通信」一六号、二〇二一年六月）

今の、わたしの

直美

現在がある、と思った。今の、わたしの。

『ディディの傘』は、韓国の作家、ファン・ジョンウンによる小説だ。斎藤真理子訳、二〇二〇年亜紀書房刊。原著は二〇一九年に刊行されている。本書に収められているのは「d」と「何も言う必要がない」。この二編は、二〇一四年のセウォル号沈没事故による追悼集会を軸につながり、「何も言う必要がない」は、韓国現代史において繰り返されてきた革命のいくつもに触れて、目前のキャンドル革命がその連綿とした流れにあることを示す。いずれも当時の韓国社会を明確に映し出す作品だ。

だから、タイトルにあげた「今の、わたしの」というのはおかしい。それでも、はじめて読んだときも今も、変わらずにそう思う。

読んでいるあいだじゅう、言葉の一つひとつを味わうことができる――この言葉の意味するところはわかる、あるいはよくわからない、というように。言葉のかたまりが目の前を流れ去っていくのではなくて――幸福な読書だったが、それは、自己憐憫にも慰撫にも陥らずに、個人の内実を言葉という論理で切り取っていく作家の筆と、それを生み出す緻密な思考によってもたらされたのだろうか。緻密な筆で個人の内実を書き、そしてそれと同じ筆つきで社会運動を書く、わたしはその描き方に魅了されたのだった。社会に生きる個人として、それらは引き離すことができない。それを当然のこととして。

訳者解説には、当時の韓国社会の状況や韓国現代史における革命に関する説明が詳しく、これによって、一見わかりづらくもある本書の構成や、作家の視点の必然が立ち上がる。訳者の言葉を借りれば、物語が作家にとって「韓国社会における自らの生存の問題」としてあることが迫ってくるのだ。日本語版『ディディの傘』は本編に続く「あとがき」「日本の読者のみなさんへ」「訳者解説」までをふくめて、息のぬけないひと続きの作品だと思う。

わたしと同世代の韓国の作家たちの小説を読んで、その自然で必然的な社会の描き方に驚くのははじめてではない。それでも、『ディディの傘』のように、わたしの物語だと思ったことはなかったように思う。

一八歳のときわたしは、石牟礼道子の世界に出会った。はじめて読んだのは「言葉の秘境から」という短いエッセイだ。天草の島から出ることなく一生を山中に終えるだろうおばあさんとの邂逅を描くその掌編は、近代以降のひずみをみずからの内にも抱える著者の、失われた世界への疼きに満ちている。

たとえそれがもうこの社会にはないものであっても、あるいはもしかして、文学のなかにしか見いだしえない機微のものだったとしても、そのような言葉の世界が存在することは希望だったし、一八歳のわたしが、現実世界という枠にとらわれずに自分にとっての希望のかたちを知ることができたのは、ほんとうに幸運だったと思う。今でもこの出会いをひとつの起点として思い返すのは、そのときから視線を向ける方向が大きくは変わらないからだろう。

でも、もし一八歳のわたしが『ディディの傘』に出会ったとしたら、ぴんとこなかったのではないか。今よりさらにものを知らず、そして社会は今よりずっと、ぼんやり遠くにあったから。

気持ちが暗くなり、怒りを覚える報道にさらされる毎日は、いつのまにか部屋の隅にたまる埃のように、不安や虚脱感、そして虚無感を募らせる。日々の暮らしを優先させて、あとで考えよう、ちゃんと読もう調べようとしているうちに、そんなニュースの飛び込むスピードに追いつけずに埃はどんどん分厚くなって、もうそこに目を向けたくなくなってくる。そして気づけば、部屋全体の空気までよどんでくるのだ。そんなことが、もう何年も何年もずっと続いているような気がする。

あんなに衝撃を受け、右往左往した3・11についてさえも、わたしはまだきちんと自分の言葉にできていない。それぞれに頷くべき理由のある、さまざまな主張の相容れなさに身動きのとれなくなった考えや思いは、言葉という形を与えられず、わたしのなかに沈んだままだ。そのことは、ふだん意識に上らせることはなくても、現在生きている日常と無関係ではありえない。

作家は、「キャンドル革命」ではなく、「キャンドル集会」と言う。そこでは果たされえなかったものがまだあり、「何も言う必要がない」はそこに光を当てた物語であるから。すべての思いがすくいあげられたわけではない。こぼれ落ちてしまった思いがまだあるということだ。それでも、「d」の主人公dを追悼集会のデモに出会わせたことについて、こう書く。「私はdを広場に案内し、「取るに足りなさ」というものと闘っている人々を目撃させたかった（下略）」（日本の読者のみなさんへ）。このときわたしの視線は、作家によって広場に案内されたdのそれに重なる。「取るに足りなさ」、それこそわたしが、日々感じているものだ。

『ディディの傘』は、降り積もった埃のなかに生きるわたしが、社会に生きる個人としての視界をひらくために必要な言葉であり、物語だ。だからこそそれは、今のわたしにとって、切実な現在なのだと思う。

訳者解説のこの言葉は、そのままわたしのこと。「現実は混沌としており、激しく変動する。そして正しさは常に一様ではない。革命を目撃し、体験した読者たちもまた、そのことを知っていればこそ、執拗に自他に問い続けるこの作家の、まっとうさの結晶のような言葉に触れたいと願うのかもしれない」。

四一歳のわたしが必要としているのは、遠いいつか・どこかでなく、今この社会を生きるための希望。そのことを、『ディディの傘』はそっと突きつけている。

（「唐芋通信」一六号、二〇二一年六月）

わるいのはわたしたちじゃない、とNさん（好き）は言う。

順平

明神（水俣）から不知火海をみるNさんの後ろ姿の写真がぼくのスマホの壁紙です。ぼくのすきな木とかすきな本とかすきな食べ物とかは知らなくてもいいけど、この写真がすきだ、ということは知っていてほしいと思ったので、はじめに書きました。

Nさんに言いたいと思っていることが、声になったらそんなふうじゃない言葉になってしまう。そんなふうじゃないんだ、と弁解する気にはなれないから言わないけど。だって、ぼくが言ったし。だけど、思ったふうではないんだなあ。心にはそんなふうじゃないかたまりがあるのに、いい感じなんだ。だけど、そのままじゃ何言っているかよくわかんなくなるし、声になったときについつい変わっちゃうんじゃないかな。けど、そもそも自分の心をそのままに言葉にできる人なんていないよね。そもそも、きっとできたとしてもそれは言葉じゃないよね。Nさんは、ぼくが立っていたいなあと思うところに立っている。気づいたときには、もう遠い。

昨日から店を閉めている。Nさんがしばらく店を閉めたい、と言ったから。理由はCOVID-19。ぼくは閉めたくなかった。だけど、閉めている。Nさんが言うことは真っ当だと思ったから。二〇一一年も店を閉めた。理由は東京電力の放射性物質。ぼくは閉めたくなかった。だけど、閉めた。Nさんが言うことは真っ当だと思ったから。二〇一六年の熊本地震、店を閉めてぼくは熊本に行きたかった。閉めなかった。理由は余震が来るから行ったらだめだ、とNさんが言ったから。水俣は九州電力の原発から五〇キロメートル圏内である。Nさんが言うことは真っ当だと思ったから。二〇一九年、立ち退きにより念願の水俣に引っ越せるとぼくは有頂天になる。物件もみつかった。さあ、引っ越そうというところでNさんが行きたくない、と言う。不安だ、と言う。行かなかった。Nさんが言うことは真っ当だと思ったから。きりがないので、そろそろ。

そのたびごとに、ぼくはおおいにむかついている。いまも、もちろんむかついている。だけど、むかついているのでこれはNさんには内緒だけど、晴れ晴れしい気持ちになる。さすが、Nさんだと。胸を張ってたくさんの人に自慢したい気持ちなのだ。なので、心は忙しい。まだ、いたくないのにいたいことを想像するというのはすさまじいこと、すっごく苦しいこと。こんな勇敢な人のことを自分のことしか考えていないように思うのは間違いだ。自分じゃない人のいたさがいたいんだ。はっきりいって、やさしい。超いい人。真っ当なことを言う人ってあんまりいないから、ぼくのように勘の鈍い人はわからないのだ。真っ当なことって真っ当なことなんだよ。だから逃げる。そして逃げながら闘うんだ。かっこいい。

またパニックになってしまった、ごめん、とNさんは言った。むかついたので、てきとうに聞き流した。なんであやまるんだ。あやまることなんてなにもない。あやまるのは国家や警察や大企業だ、書き出したらきりがない、やめる。あやまることなんてない、と言いたかった。けど、言えなかった。言葉ってどうなってんだ。せめて文字ではこれからNさんのうしろに(好き)と書くことにします。Nさん(好き)みたいな感じです。はい、むかついてるし、仲悪いですが好きです。

そして次の日の朝だ。朝って、びっくりしませんか。眠るまえって空は暗かったんですよ。それが起きたら空が明るくなってるんですよね。だいたい、ぼくは毎朝、びっくりします。はい、本題。次の日の朝、Nさん(好き)は言ったのだ。わるいのはわたしたちじゃない、と。わたしたちがなぜ、けんかするひつようがあるのか、と。おおおおいええええいいいい、ぼくは感動したんですよ、激烈に、猛烈に。だけど、心と顔はぴったりではないので、へえええという嫌な顔をしました。ぼくの心はテンションましましだったのですが、顔には届きませんでした。だから、書こうと決めました。なので、いま、書いています。言葉にしたら、自分の心が心のままによいしょととりだせるわけではありません。やっぱりちがう。だけど、いいのよね。心は自分のものなのよね。誰にもみせなくていい。みせようとしたって、みせれるものじゃない。ただ、思うわけです。ときおり、心のままに声をだせることがあるかもしれない。言葉を書けることがあるかもしれない。温泉に入りたい。

そう、そのたびごとにむかつかなければいいだけなんだけど、わかってるけど、むかついてしまう。ここまで書いてきて気づいたことは、Nさん(好き)にじゃなくて、自分にむかついているんじゃないだろうか。自分じゃない者のいたさをわかろうとしない、愚鈍な自分に。ああ、愚鈍。愚鈍。あたたかいうどんが食べたい。というか、むかつくなよ。

だけど、むかついてしまう。二〇一一年三月からずっとむかついている。むかつかなかったらえだけなのに、むかついてしまう。もしかして、このむかつきは吉兆なのか。そういえば、むかつくたびにほんのほんの少しずつよくなっているんじゃないか、ぼく。いや、違う。大間違いだ。前言撤回。だって、わるいのはわたしたちじゃない。ごめんなさい。むかつく相手を前代未聞に間違っていたのだ。ごめんなさい。悪いやつを、悪いやつ、と言わなくちゃいけない。怒りをむける相手を間違ってはいけない。

朝になったら空が明るくなるように、おなかがすいたら食べものをさがすように、困っている人がいたら知らない人でも助けるように、Nさん(好き)は自分を信じればよい。ぼくはNさん(好き)を信じる。たぶん、きっとむかつきながら。言葉は心に戻せない。だしてしまったらもう、心には戻ってこない。言葉は心を傷つける。一生の傷となる。他人の心も自分の心も。すべてを懸けて言葉にしないといけない。言葉は社会を変える。いまより、よい社会に変えることもできる。わたしたちが持っている、その、心、言葉。

わるいのはわたしたちじゃない。Nさん(好き)とぼくがけんかするのは、わたしたちのせいじゃない。今まで読んでくれた方たちのけんかも読んでくれた方たちのせいじゃない。わるいのはわたしたちじゃない。はっきり言いましょうよ。ほとんどの不幸はわたしたちのせいじゃない。そのたびごとに言いましょうよ。わるいのはわたしたちじゃない。さあ、みんな幸せになろう。もう、苦労なんてしない。もう、幸せになっていい。現代のなむあみだぶつ、である。わるいのはわたしたちじゃない。わたしたちを救うのはわたしたちだ。あいつらじゃない。

(「唐芋通信」一七号、二〇二一年九月)

人と人のあいだに

直　美

あと一週間で満月のようだ。朝から太陽の光がたっぷり入る大きな窓は、月の光もぼんやり映す。真っ赤に染まるあぜ道はなくても、碁盤の目にも彼岸花はちらほらと咲き、もうすぐ秋の彼岸だ。

新型コロナの拡大はここしばらく少し落ち着いて、第五波と第六波の波間だと言われる。第五波は、これまでにない感染者数の増加と若年層への広がり、都市部では医療危機が言われ、昨年からの感染症が、この夏ひときわ身近にせまったものとなった。

二〇一一年の原発事故後によく聞かれた「正しく怖がる」という言葉を思い出す。それは怖くない人の言い方だとは思うけれど、意図することはわかる。何が正しいのかを見極めようとして、あのとき多くの人がインターネットで情報を探したり勉強会に参加したりしたのだ。わたしには赤ん坊がいたから、同じように不安を抱えた多くのお母さんたちに出会った。

そのときに感じたのは、科学的な正しさというのはほんとうに難しいのだった。そもそも科学的に考えるという土俵にも慣れないなかで、科学的な正しさを見極めるのは並大抵ではないと思った。さらにそれをどう生活に解釈するかということになれば、市民派と言われる専門家のあいだでも意見は分かれる。それぞれの価値観で判断するわけだから、当たり前の話だ。

それらの情報を、どのようにみずからの日常生活に落とし込んでいくのか。それは現実の生活をかえりみると同時に、自分がどう生きていきたいかを考える道程でもある。だから、ひと息に安心にたどり着けるわけもなくて、日々調整を繰り返していかなければならない。正しさは、容易ではない。

今もまた、似た状況にいるのだろうと思う。でも「正しい情報を」「デマに惑わされるな」と叫ばれるなか、それぞれにはそれぞれの生き方があって、人々のあいだがぎすぎすしてしまう、びゅうびゅう風がふきすさぶ、そのことがクローズアップされがちなのは、それがうつる病気だからだ。コロナ禍のつらさのひとつは、人のあいだ、社会のなかをウイルスが渡り歩いていくことにあると思う。ウイルスにまつわる問題が、人と人のあいだに存在することに。

希望はみずからの外側にある、と最近思うようになった。当たり前のことなのかもしれない。けれど、そんなふうに考えたことがなかったので驚いた。

好ききらいは自分のなかにあるのだからと、惹かれるものを大切に抱きつづけていくことに、どちらかといえば注力してきたのだ。子どものころから、まわりがよいと言うものをよいと思えなかったり楽しめなかったりしてきたからかもしれない。たしかにそこには、なにものにも代えがたい喜びやなぐさめがあり、それは自分の芯、わたしそのものとも言えるものだ。でもそこに希望があるかと問われれば、そういう話ではないのだ、という答えしかわたしにはない。

そんなことを思うようになったのは、ここ一年ほど韓国の現代小説を読むようになってからかもしれない。心にのこった、ファン・ジョンウンの『ディディの傘』(斎藤真理子訳、亜紀書房)、『野蛮なアリスさん』(斎藤真理子訳、河出書房新社)、ハン・ガンの『少年が来る』(井手俊作訳、クオン)、パク・ソルメの『もう死んでいる十二人の女たちと』(斎藤真理子訳、白水社)……と挙げていけば、内から外へ、メッセージがまっすぐに放たれているそのことに、わたしは心打たれるのだと思う。個人個人の思いが、みずからのなかにあるだけでなく、社会に息づくものとしてあって、切り離されていない。

怒り、愛おしさ、くやしさといった感情が外に向かって放たれていて、そしてそこにはちゃんと受け手への信頼がある。そういう言葉に触れたとき、わたしはそこに希望があると感じ、それはたぶん間違っていないことのように思う。なにが希望なのかといえば、展開や展望が期待されている、それらをふくみもつということ。ひとりで完結せずに、あきらめないで、外側に向かって望みをかけるというその姿勢だ。

　ここ数年、韓国の現代小説が次々と訳され、紹介されるようになった。わたしと同年代の作者も多くて、惹かれる装丁も多い。わたしが手に取ったのもそういう流れのなかにあるのだけれど、さらに言えば、人と人のあいだの傷やもろさが浮かび上がるこの非常時こそ、わたしは希望を、展望を必要としているのかもしれない。

　そうして希望を胸にしてやっとわたしは、国の無策に怒りを持つことができる。補償のない自粛が求められ、オリンピックパラリンピックが強行され、医療危機を強いられ、ワクチンの詳らかな検証をされず、わたしたちの命や健康が軽んじられている、そのことに。あがいてもあがいても、わたしたちは人のあいだ、社会に生きている。

（「唐芋通信」一七号、二〇二一年九月）

歩くこと

直　美

歩くのが好きだ。どこかへ行くためでも、ぶらぶらと散歩するのでも、ポストに郵便を出しに行くくらいでも。

運転免許を持っていないので、乗れるのは自転車だけだけれど、自転車はあまり楽しくない。乗っているあいだじゅうトントンと衝撃があるし、自転車とはいえ乗り物を操ることへの一定の注意がいる。それに比べ、歩くことに必要な注意はずっと少ない。一歩一歩機械的に足を運ぶことは、自分自身にもぐり込んで考えごとをするのに、ちょうどよいリズムをつくると思う。

日常生活は、しなければいけないタスクが積みあがっていて、そのことに気をとられがちだけれど、実際のところわたしは常にそれに注力しつづけているわけではない。それらをこなしながら、あるいはその隙間に、現れては消えていくなんらかの思いが常にあって、それらが生み出す気分に浸りながら日々を過ごしている。嬉しかったり、むしゃくしゃしたり、むなしくなったり、必ずしも自覚しているとは限らない、そんなふうに日々を満たしている気分こそ、途切れない日常を生きるわたし自身の正体という気がする。

小学校高学年のころの作文を思い出す。書くことは比較的好きだったけれど、自分の思いを書ききれたと思うことはあまりなかった。「○○と思いました」と書いたところで、「○○」は、実際の思いを表しきれてはおらず、いつもどこか嘘をふくんでいるように感じられた。

子どものころに比べれば、言葉や表現に手持ちの駒は増えたとはいえ、その断絶の感覚は今も変わらない。にもかかわらず、思いに言葉を与えたいのは、わたしは自分という人間が何をどのように感じて生きているのかを把握したいのだろう。

ひとりで歩くとき、一歩一歩と踏み出せば、わたしのなかに漂う気分は、いつのまにか頭のなかで独り言をつぶやきはじめる。その言葉は生まれた端から消えていくようなもので、ましてや、いかにもその気分にぴったりな言葉が生まれるというわけでもない。さらにまわりの風景――戸口に並べられた植木鉢だとか、魚を狙う鷺の立ち姿だとか――から想像はあらぬ方向にさまよい出て、転がってゆく。

結局のところ、歩くことが好きなのは、そうやって生まれては消えていく頭のなかの独り言が楽しいのだと思う。まわりの風景に触発されながら、ああでもないこうでもないと実験のように言葉を繰り出していく遊び。

それでもときに、そうやって消えたはずの言葉が、後からふと浮かび上がり、わたしのなかにとどまることもある。もしかすると日常生活で意識しそこねている気分の一端をつかんだのかもしれないその言葉が、わたしの場合、感傷的だったり、虚無的だったりしがちなのは、そこに譲りがたい自身の本質があるからかもしれない。

と、そういうことを考えたりするのも、いや本質というよりも、ただそうなってしまうというだけのことだ、と思い直したりするのもまた、歩いているときの頭のなかの独り言だ。

(『京都新聞』二〇二二年九月三〇日)

コブシの花の咲くころ

順平

父に買ってもらった本で、手元にあるのは『宮沢賢治童話大全』講談社、の一冊のみだ。こどものころ父とよく本屋にいった。なぜよく一緒にいったかというと、一冊、本を買ってくれるからだ。烏丸丸太町のアオキ書店、千本今出川の丸山書店、河原町蛸薬師の丸善によく一緒に行った。三店とも今はない。買ってもらっていたのはほとんどマンガだった。たくさん買ってもらっていたのに、いま、あるのはこの本だけだ。昨年の秋に父は死んだ。だけど、この本はある。売っていた丸善はないけど、この本はある。父が死んで、この本が本棚にあるか探した。あった。安心した。

「なめとこ山の熊」の小十郎のように死にたいと、若いころは思っていた。ぼくは熱烈に小十郎に憧れていた。父が死んでからこの本で「なめとこ山の熊」を読み返した。小十郎にはあいかわらず強く惹かれた。だけど、月の光の中、向うの谷を眺める子熊と母熊にぼくは魅了された。いや、こどものころも魅了されていた。だけど、それは小十郎からの視点だった。いま、ぼくは、子熊の視点になっている。向こうの谷が月の光に照らされて白く光っている。ぼくは雪だと言う。父は違うと言う。ぼくは霜だと言う。父は違うと言う。コブシの花だと父は言う。なぁんだ、コブシの花か、とぼくは言う。

カライモブックスがなくなって、ぼくが死んでも、カライモブックスで買った本が一冊でもこの本のように誰かの手元にあったらと夢想します。小十郎のように子熊のように母熊のように、死ぬんじゃなくてみんなに生きてほしい。明日で開店して一三年です。ご来店お待ちしております。愛しています。

（「唐芋通信」一八号、二〇二二年三月）

わかりあえることはないのだから
わかりあえるかもしれないという夢をみる

カライモブックス・フォーエバー

順　平

「KARAIMO BOOKS FOREVER」とだけ書いてある紙が貼られた大きなディズニー柄のビニールバッグがカライモブックスの入口の前に置いてあったのは、開店一年目の二〇〇九年。中には古本が入っていた。たぶん、あの人のカンパじゃないかなあと今でも思っている。カンパの古本が入っていたディズニー柄バッグは、洗濯物を二階の物干しまで運ぶときに使っている。第一次カライモブックスでも。第二次カライモブックスでも。ディズニーは好きじゃないけど、このディズニーは宝物です。

ずっと、助けられている。開店一年目から、会ったことのない人からも、文通したことのない人からも、カンパの古本を受けとっている。友だちからのカンパとちがって、はじめのころは戸惑っていた。なんでなんだと。身にあまっていたのだ。だけど、カンパをしてくださった人と話したり、文通したりしていると、しだいにわかってきた。カライモブックスにカンパしてくださっているんじゃないんだと。「石牟礼道子」と「水俣」に、だったのだ。石牟礼さんと水俣が、心にずっと、ひっついているんだ。石牟礼さんと水俣に憧れがある。そして、憧れとともに後ろめたさがあるんだ。ここが大切だ。憧れだけの人は、カライモブックスにはやってこない。やってきたとしても、カンパしたいとは思わないだろう。水俣病でくるしむ人たちを、助けていない。助けていないのに、石牟礼さんと水俣から受けとっているのだ。生きていける希望を。もらいっぱなしなのは、くるしい。張り裂けちゃうかもしれない。言付けをされているのだ、と気づいたのだ。言葉はつなげることができる。カライモブックスは後ろめたさと水俣の間に立っているのだ、と。いやあ、それはかっこよく言いすぎだなあ。そもそも、カライモブックスが繁盛していないからだ。このままじゃ、カライモブックスつぶれるなあ、読まなくなった本をカンパしてやろうという温情。ありがたい。そして、その温情に甘え続けているだけなのである。気にかけてくださり、ありがとうございます。ほんとうに助かっています。

だけど、身にはあまっています。もらいっぱなしだと、カライモブックスも張り裂けちゃうし、つまらないカライモブックスになってしまう。うまいこと言えないし書けないままですが、書いてみます。足の裏に磁石がひっついているような感じです。ひっつくものも反発しないものもなければ、いつも通りなのですが、ひっつくものがあればひっついてくるし、反発するものがあれば反発してきます。ひっつくところに立っていると、居心地はよいですが離れるときに力がいります。反発しているところに立っていると、すこし地面から浮きます。気持ちがよいといえばよいですが、酔います。足の裏に砂鉄やクリップがひっつくこともある。お金もひっつくのかなあと、さっき、冷蔵庫から磁石をはずしてひっつけてみたけど、硬貨も紙幣もひっつかなかった。残念。磁石だから、金持ちにならないんだ。ひっかかりがあると言いたかったんですが、うーん、うまく書けていない。すごくうれしいし助かるし幸せなんですが、なにかひっついてくるし反発もしてくるということです。嫌なものなのか、と聞かれれば嫌って言うかもしれないけど、大切なものか、と聞かれれば大切なものだと言います。必要なものです。感謝しています。ありがとうございます。すごく。そして、ちゃんと書かないといけないことがあります。本を売ってくださったかたもありがとうございます。カンパのほうがすごいと言っているわけではありません。カンパしろと言っているのではありません。この気持ちが伝わっていると願います。感謝しております。

言わないといけないことを書こうと思って書きはじめましたが、「KARAIMO BOOKS FOREVER」のことを、書いてしまいました。書こうと覚悟をしたら、書くつもりではなかったことが書けます。いつものことです。Nさん(好き)好きとか。うん、そろそろ。来年の春ごろにこの西陣の第二次カライモブックスを閉じて、水俣に移転します。水俣川河口の猿郷というところに立っている石牟礼道子さんと弘さんの家に移転します。第三次カライモブックスです。この第二次カライモブックスでわたしたちが向かっている机。ここに向かうと第一次カライモブックスの絵がみえます。第一次カライモブックスの斜め向かいの家に暮らしていたYさんが、わたしたちが追い出され、第一次カライモブックスが重機で叩き潰されると知り、描いてくれた絵です。宝物です。二〇一九年のことです。

「ごめんなさい。わたしたちがチェルノブイリのときにとめることができなかったから。ほんとうに、ごめんなさい」と、いう声を聞いたのは二〇一一年。東京電力の原発事故のすぐあとだった。数週間後、そのかたから原発と原爆と権力への抵抗の本がたくさん届いた。カンパだった。

「カライモブックスとはややはずかしく思いますが、京都であれば意味も生じるでしょう」と、石牟礼さんから葉書が届いたのは二〇〇九年。水俣に暮らすことから逃げて、京都でカライモブックスをはじめてすぐのころだった。カライモ、という言葉にはずかしさをいまだに感じることができないでいる。それでよいと思っている。よそ者であるということ、水俣から離れているということ、このふたつが、すっからかんのわたしに肩入れしてくれている。ありがとう。助かっています。この一三年間、京都で意味は生じていたのだろうか。ああ、石牟礼さん生きていてほしかった。水俣に移転するということ、石牟礼さんの家に移転するということは、生じさせようとする意味が違ってくる。そして、水俣から離れているという、肩入れがひとつなくなるわけです。肩がひとつになったら暮らしにくくなりますが、しだいに慣れていくと思います。また、意味はなんだろうとはじめから考えることができるわけです。わくわくします。だけど、二〇〇九年のときとはちがいます。はじめからだけど、いまはカライモブックスを気にかけてくれる人がいる。助けてくれる人がいる。いっしょにおろおろしてくれる人がいる。あああ、書いて、涙でた。みなさま、ありがとうございます。愛しています。だからこそ、言い切ります。この京都のカライモブックスより、よいカライモブックスにします。じゃないと、いてもたってもいられないカライモブックスになります。さみしい。法螺貝が近くにあったら吹きたいです。音を鳴らしたいです。言葉にするのはむつかしいです。さみしい。だけど、カライモブックス・フォーエバーです。水俣でも、ご来店お待ちしております。カライモブックス開店しています。

(「唐芋通信」一九号、二〇二二年一一月)

親密な蔓

直美

水俣へ移転することをお知らせしようと思いながら、最初の一文を書きあぐねたまま何日も過ぎて、そして未だなんて書けばいいかわからないままに、でも自分自身が進むために自身に向けてもまた、書きはじめる。

「唐芋通信」に載せる文章はいつも、店に遊びに来てくださる方や、オンラインショップで買ってくださる方のほか、この通信でカライモブックスを知ってくださる方もあるだろうと思い書いている。でも今号は、知った方の顔を思い浮かべて書く。とくに店に立ち寄ってくださる方々に。

今年二〇二二年の春、ひょんなことで水俣へ移り住めるかもしれない、石牟礼道子さん・弘さん旧宅でカライモブックスを開けるかもしれないという縁をいただいて、真剣に悩みはしたけれど、わたしたちの心中だけはすぐに固まった。二〇〇六年にはじめて不知火海を見てから、近くに感じ遠くに感じ、引き寄せられては遠ざかりを繰り返しながら、水俣、天草はいつも心にあったから。この春はちょうど、水俣をもう少し引き寄せたいと思っていたときでもあった。

わたしたちにとって水俣は、はじめて行った二〇〇六年のそのとき、石牟礼さん手描きの地図(葦書房刊『蝉和郎』に掲載されている、幼少期の住まいがあった栄町の記憶図)を頼りに町を歩いたように、石牟礼文学の土地だ。水俣で楽しくつきあってくれるたくさんの友人ができた今も、その根本にあるものは変わらない。

水俣行きを伝えたとき、どうして、と理由を尋ねる人がいないのは当然なのかもしれない。二〇〇九年のオープン来ずっと、「水俣、天草、石牟礼道子」と言いつづけてきたから。それでも、この水俣行きの理由を言葉という形に切り取りたい気持ちがわたしはある。石牟礼文学の世界が、今水俣や天草にあるというわけではないのに、どうして移り住もうとするのだろう。その理由を言葉にできたら、もっとわたし自身が納得できるのに、みなさんにも正確に話せるのに。

カライモブックスをオープンする前に水俣で、ああここに住めたら、店を開けたらなあと漠然と思ったそのときならば、こんな理由はいらなかっただろう。そのときわたしたちはふたりっきりだったから、まっさらな地図をどこから始めてもよかった。一三年の歳月を京都で過ごしてきたあいだに、わたしたちはいつのまにかいろんなものを手にして、今、日常を日常たらしめてくれる関係のなかに生きている。

京都で店を始めたことは、お互いの出身地だからというほかに大きな理由があったわけではなかった。ただ石牟礼道子のファンだと言ってオープンしたカライモブックスの棚のいろいろの、思想とくにフェミニズムや、社会運動などの本を増やし、わたしたちにさまざまなことを教えたのは、来てくださった方々だ。オープン来ずっと、来てくださった方に世界を広げてもらっている。

今日だってまた、店では新しくうれしい出会いがあって、このような出会いの一つひとつが、もし解きほぐそうとするならば、一三年間のなんらかとのつながりをふくみもつと言えるのだろうと思う。それらは、まっすぐな線で結ばれているとはかぎらず、いつかのどこかでのつながりが、いつのまにか芽を出して蔓を伸ばしているようなもの。いったい何の種かも、いつ出た芽かもわからずに、入り組んだ蔓となって、わたしたちの日常をすっぽり包み込んでいる。わたしがそういった一つひとつと、丁寧な関係を結んだりつきあったりできていたとはとても思わないけれど、そこには風の吹きとおる隙間があいていて、ひとりがすきなわたしにとっては欠かせないその隙間を、許してもらっていたと思う。

この一三年、カライモブックスはそういう親密で自由な蔓をわたしにくれた。今、わたしが水俣へ行く理由を必要とするのはきっと、この親密な蔓をそっくりそのまま持っていくのは難しいと感じているからだ。

二〇一九年、路地奥の現在の場所に引っ越したときも、自転車で一五分ほどの距離に移動しただけとはいえ、蔓はゆっくり確実に形を変えてきた。たとえば以前の店は、外にたくさん一〇〇円均一の本を置いていたから、いつもそれだけを見てくれるご近所さんがあって、そういう方とのおつきあいは、遠方から訪ねてきてくださるのとはまたちがった挨拶と行き交う情報があったりする。それは些細なことだとしても、そういう些細な一つひとつが、わたしの毎日の言葉、日常を形作ることを思えば、水俣ははるか遠く、まるで心細い旅路のような気がしてくるのだった。

最近、近所のパン屋さんが店を閉じられた。とくに世間話をするわけでもなく、ただ定期的に買い物をしていただけだったのに、ひとつの日常の習慣を突如なくしたことに、すうすうした気持ちがして、まだ慣れない。わたしたちは、町に根差しているとは言えないような、気ままな店でしかないけれど、それでも場を開くということは、人の日常という地図にひとつの点を打つことでもあって、日々の生活のなかに、カライモをひとつの点として打ってくださっている方があることを知っている。その点は現実の生活に付されたものだから、そうやって根っこのある蔓をわたしたちは水俣には持っていけないのだ。

それでも決めたこの水俣行きを、どうにか言葉にしようとすれば、石牟礼文学を近くに感じていたいから、としか言えず、それは、どうして古本屋を始めたのですか、という質問に対する答えとそのままおんなじだ。それでは正確ではないような気がして、数カ月言葉を探しつづけていたけれど、もしかしたらほんとうにそうとしか言えない単純な話なのかもしれない。

今手にしているものは確かにここに感じられる一方で、これから新しく手にするものはまだ存在しないから、感じられないから、どうしたって不安だ。でも不安だとしても、わたしたちは新しい日々を生きてみようと思う。

変化することは怖いけれど、一カ所にとどまっているときだって、ほんとうは、蔓は刻々と変化しつづけている。そしてまた、今のわたしたちはこの蔓が形作ってくれたからこそ、すべて置いていくこともできはしないのだ。不安も怖さも抱え持って、わたしたちは一三年の歳月とともに、水俣に行く。この気持ちを店に来てくださっている方たちに伝えたかった。

（「唐芋通信」一九号、二〇二二年一一月）

Nさん(好き)を勇気づける

順平

「このおっさんはこたえなあいい、このおっさんはこたえなあいい」というのは、みっちんの自作曲だ。わたしが、めんどうでてきとうに返事をしていたり、聞こえないふりをしていたら、歌われていた名曲だ。このおっさんはこたえないのだ。抵抗歌である。

水俣に移転することを決めて、本を出すことを決めた。本を出すことにずっと乗り気ではなかった。だけど、決めた。こたえなくちゃ、と思ったのだ。このまま水俣に移転してはだめだと思ったのだ。京都にいるあいだに本を出したい。いま、書いている。

「このおっさんはこたえたよお、このおっさんはこたえたよお」というのは、「このおっさんはこたえなあいい、このおっさんはこたえなあいい」と歌われたあとに、急いでこたえると歌われていた名曲だ。どっちにしろ抵抗歌である。

そもそもなぜ唐芋通信を創刊したのかということだ。Nさん(好き)に書いてほしかった。Nさん(好き)を勇気づけたかった。初心にもどるときがやってきたわけです。さいきんは邪な気持ちが続いていた、Nさん(好き)の気を引きたいという邪な気持ち。まあ、仕方がないけどね、順平さん。「さあ、逃げよう」と創刊号のさいごに書いたのだ。Nさん(好き)に言ったのだ。逃げながら書いてほしかったのだ。創刊号のおかげか定かではないけれど、創刊号には書かなかったNさん(好き)が二号からはずっと書いている。しかもすっごいよい言葉を書いている。わたしはもう、いなくなってよかったんだけど、邪な気持ちが出て来てしまい、書いている次第です。合わす顔がありませんが、おなじ家に暮らしているのでついつい顔を合わせてしまいます。Nさん(好き)と、みっちんがいるのでよい家です。初心にもどるときがやってきたわけです。もう、すっごいよい言葉をNさん(好き)は書いている。あとは、勇気づけるだけだ。どうしたらよいか。まじめに考えないといけない。「真剣に生きて。いや、深刻に生きて」と、Nさん(好き)に三日前に言われたところである。

Nさん(好き)とわたしのあいだには窓がある。Nさん(好き)の窓と、わたしの窓とふたつある。窓越しの仲である。ガラアッと自分の窓を開けて話しかけるのだ。「Nさん(好き)おはよう」と。大切なことは自分の窓しか開けないということだ、閉めないということだ。窓越しの仲だからね。だけど、助けがいるときがある。窓を開けられないときがあるわけである。そう、窓は開けられるのだ。自分の窓は自分じゃなくても開けられるのだ。そんなことが時にはできるのだ。ふだんはことができるので、わたしたちはじっさいにいっしょにおなじ家で暮らしてきた。時には信じられないようなことがあるが、「あっちいって。じゃま。ほっといて」と言われるわけである。そうやって、いっしょにおなじ家で暮らしてきた。窓越しの仲も悪くない。この実感があるから、生きていけるし逃げることもできる。この実いっしょに生活を立ててきた。この実感があるから、生きていけるし逃げることもできる。この実感があるから窓が曇らないのだ。曇ると窓があるとありありとみえてしまうのも嫌だしね。それに窓が曇ると、窓を開けないとNさん（好き）の姿がみえなくなってしまう。それは嫌だ。だけど、曇ってもぼろ布でふけばいいんだ。曇ったときは曇ったときである。そうやって、いっしょにおなじ家で暮らしてきた。いっしょに生活を立ててきた。東京電力の原発事故からずっと、わたしたちは仲が悪い。「このおっさんはこたえなあいい、このおっさんはこたえなあいい」だし、「このおばさんはこたえなあいい、このおばさんはこたえなあいい」なのである。だけど、いっしょにおなじ家で暮らしてきた。いっしょに生活を立ててきた。わたしたちは勇敢なのかもしれない。心のなかの言葉がちがうのだから、懸命に言葉を尽くさなければいけなかっただけなのかもしれない。わからないしわかりあえないけど、いっしょにおなじ家で暮らしたい、いっしょに生活を立てたい、と思っている。たぶんNさん（好き）も。窓を開けたら不知火海だ、というのはわたしのパンチラインのひとつですが、窓を開けたらNさん（好き）だ、の暗喩だったのだとさっき気づきました。おもしろい。書いているというのはおもしろい。Nさん（好き）は炬燵の向かいでコーヒーをのみながら、この本の原稿を書いている。至近距離にいて、おなじ本の原稿を書いている。覗き見したいなあと思っている。Nさん（好き）は覗き見されたくないし、覗き見したくないと思っていると思う。みっちんはふたりのババと遊びに行った。昼ご飯は、このまえもらった山の芋のとろろご飯にしようかなあ。勇敢といえば、みっちんである。「みっちんのことあんまり書いたらあかんで」と、Nさん（好き）に言われたので、くわしくは書きませんが、みっちんは勇敢です。尊敬しています。わたしはNさん（好き）を勇気づけたい。初心にもどるときがやってきたわけです。

ビールのふたを開ける音は、二階にいるNさん（好き）とみっちんにも聞こえます。「おとうさん、またビールあけたな」と、みっちんに言われるのである。「もう三本目やしな」と、Nさん（好き）に言われるのである。一階でビールのふたを開ける音が二階にいるNさん（好き）とみっちんに聞こえるのである。言われるまでは、気づかなかった。なので、それからはばれたらあかんなあというときには、炬燵の中で開けたり、開けるときにクシャミをしたりしている。聞こえていないと思っていたのは、わたしだけなのである。聞きたくなって、みっちんに頼んだ。みっちんが一階でビールのふたを開けた音は、二階にいるわたしに聞こえた。うれしかった。低い音だった。思っていた音とはちがった。「夏はちがうで、窓が開いてるときはちがうで」と、みっちんは言った。だけど、この音はみっちんが一階でビールのふたを開けた音なのだ。わたしが開けた音は確実に聞くことができない。おもしろい。いっしょにおなじ家に暮らしているけど聞こえる音がちがうのである。だからこそ、懸命に言葉を尽くさなければいけない。おなじ言葉は持っていないのだから、わかりあえることはないのだから。だからこそ、わかりあえるかもしれないという夢をみることができる。懸命に言葉を尽くさなくてはいけない。このクソ社会をすこしでもよくする。わたしたちには言葉がある。夢をみることができる言葉がある。懸命に声を出す、懸命に文字を書く。わたしたちは、自分ではない人を勇気づけることができる。聞こえるだろうか。「Nさん(好き)を勇気づける」。

(書き下ろし、二〇二二年一一月)

頼りなく外へ出る

直美

冒頭においた「さみしさは彼方」、二〇一六年に書いたこの文章を読み返して驚いたのは、今、こんな温度の文章は書けないと思ったからだ。

自分の思いを余すことなく書けたと思ったことはないけれど、ともかく言葉という形を与えれば、思いのひとつの断面は把握できる気がする。そうやって切実に言葉にした感情だって、その多くはいつしか、夢のなかで感じたそれのようによそよそしくなってしまうと思えば、自身の思いをつかみとりたいというのは不毛な欲望だ。それでも思いに言葉を与えることは、わたしにとって必要な現状把握、そして位置確認であって、かつて著した言葉がどのくらい生々しいかは、そこからの今の自分の距離を教えてくれる。

たとえ感情の多くが移りゆくとしても、さみしさへの追慕は、わたしの芯にあると信じて疑っていなかった。だから、この温度の文章を今は書けないと思ったとき、驚いたというよりも、少しうろたえたと言ったほうが正確かもしれない。ずっと抱きつづけるものだと思っていたのに、これがわたしだと思っていたのに――、どうしたものか。

水俣への引っ越しをしようとする現在のわたしの背景に――理由ではない、背景だ――、ひとつこのことはある。十数年小さな家が立ち並ぶ古い町に住んできて、ここにある人々の生活の、賑わいや単調あるいは儚さやいじらしさは人間の生活そのものだという気がするけれど、家から出てもそこには人間の生活があるばかりで、外に出たという気がしない。自由で居心地がいいけれど、外界のなんらかに揺さぶられて、呼応して、感情がほとばしり出る瞬間がない。体がほどけだす感覚がない。そろそろ外に出たいなあと思う。

ここに長くいすぎたから、さみしさへの経路を忘れたのだろうか。あるいは、自身が年を重ねていくうちに、移りゆく多くの感情と同じように、それもまた過ぎ去っていったのだろうか。長年わたし自身だと思っていたものを見失うことは、とても頼りない気持ちがして、さみしさの追慕そのものがまた、わたしを支えていたことに気づく。この手にあるときはわからない。

わたしは自身のさみしさを、石牟礼文学に隣りあわせるようにして感じてきた。これから水俣に住めば、どんなふうに感じるのだろう。あるいは感じないのだろう。さみしさの経路を思い出すだろうか、あるいはまたちがったさみしさを――それは「さみしさ」という言葉で表すものではないかもしれない——感じるのだろうか。

今はわからないけれど、わからないままにしておこう。性急に想像の言葉を与えないようにしよう。自分自身を縛らないように、縛られないように。勇気をもって宙ぶらりんのままでいよう。

二〇〇九年にカライモブックスをオープンしたとき、また二〇一九年に引っ越さなければいけなくなったとき、あるいは、そのときどきで、水俣に住みたいと言いつづけていたのは、夫の順平だ。わたしは、そうできればいいなあと思いながら、でもそれはどこか現実的ではないような気がしてきた。

そもそもを遡れば、本屋として生活を始めようとしたのも、おそらく順平が言いはじめたことだっただろうと思う。これからのことを話し合うなかで、その話がどう始まって転がっていったのか、わたしも夫もはっきり覚えていない。でもそういう途方もないように思えることを言い出すのは、いつもたいてい夫だ。どうやって到達するのかよくわからない雲の上のイメージも、おそらくこの手にできると思うようだから、わたしには不思議だ。かといって、あらゆる手を尽くす、というわけでもない。無限に広がっているように思われる選択肢の前で立ちすくみ、動けなくなりがちなわたしとちがって、できることだけをしようとする彼は、遠い光が見えるならば、ともかくそこへ向かいそうな道を歩きはじめるのだと思う。

水俣で本屋を開きたいという妄想から、歩きやすそうな道をゆくうちに京都で古本屋になっていたけれど、石牟礼文学の近くにありたいという思いには適《かな》っていたから、それでよかった。わたしたちはたぶん、ふたりで、途中からは三人で、それなりに機嫌よく日々を生きることを最優先させて生きてきた気がする。

わたしと夫がカライモブックスという店を開きつつ生活をするにあたって、夫は楽観的でわたしは悲観的だ。自身の悲観的な心情に引きずられながら、どちらにもゆらゆらと揺れながらやってきて、今水俣に行こうとするのは、夫の楽観に乗ってみようとすることでも、またある。

譲れないものとして自身の主張をすることは、わたしが持つ自由だけれど、一方で自身を抑えることで得てきた自由があることを、最近ようやく自覚した。それは、握っている手綱のいくぶんかを手放すことで、自分では選べない道をゆく余地を得るということ。わたしが今カライモブックスとしてあって、本を売ったり、校正や執筆などをしたりしているのも、そうやって進んできたからだ。

漂いながら流されていく時間のなかで、確たるものが欲しいから、わたしは思いを言葉にして自身を把握したかったし、その自身の思うままに生きたいと考えてきた。それなのに今、水俣移転を前にわたしはずいぶん頼りない言葉しか持っておらず、そのことに不安になる。でもふり返ってみれば、ただ石牟礼文学の近くにあるためにカライモブックスを始めたわたしたちは今、オープン時には予想もしなかった場所に流れついて、知らなかった景色を見ている。これを想定する言葉などあらかじめ持っていたわけではなかった。

思いを言葉にすること、自分の思うままに生きようとすることは、自身の安定のために必要なことだけれど、それは一方で、自身を規定する檻でもある。自身をわかりたい、現在をつかみとりたい、未来を支配したい——。どうしたってわたしはこれからもそれらを求めつづけるだろう。それでもできるだけ、自身の及ばないものにひらかれていたい。その引き裂かれたあいだを、わたしは勇敢に生きていきたいと思う。

（書き下ろし、二〇二二年一一月）

おわりに

奥田順平

「まつもぉとせえいちょう」と、号泣しながら四歳のみっちんがくり返し叫んでいる八〇秒の音声ファイルが残っている。一〇〇円本を店の前に出すことと片づけることを、わたしたちは「しんしょ」と、言っている。第一次カライモブックスでは店の前に一〇〇円本をたくさん並べていた。手伝いたがるみっちんには文庫と新書を頼んでいた。ちいさい手では単行本を運ぶのがむつかしかったからだ。開店と閉店の時間が近づいてくると、みっちんは「しんしょ、しんしょのじかん」と、言った。しだいに「しんしょするで、みっちん」と、わたしたちも言うようになった。その、しんしょのじかんで、もっともみっちんが気に入っていたのが松本清張の文庫だった。松本清張の文庫をしんしょするのはみっちんの仕事だった。しかしその日の閉店のしんしょのじかんだった。Nさん(好き)が松本清張の文庫をしんしょしたのだ。すっごいおこったみっちんは号泣しながら「まつもぉとせえいちょう」と、くり返し叫ぶ。わたしは急いで、ボイスレコーダーを取りにいって、ばれないように録音したのだ。

松本清張の音声ファイルのように残っていないものは、ないということではない。わたしは憶えている。たくさんのひとに、よいひとたちに、勇気づけられている。わたしは、勇気づけられていることを憶えている。カライモブックスをはじめてよかった。ほんとうによかった。このクソ社会がすこしずつだけどよくなると信じることができるようになったのは、カライモブックスをはじめたからだ。よいひとたちがいるというのを、知った。困っているひとがいたら、助ける。助けることができなくても、助けようとする意志、その心。わたしたちは、もっとよく生きれる。わかりあえるかもしれないという夢をわたしたちはみることができる。いつか、開いた窓で会いましょう。みなさんの明日が今日より、よい日になることを願っています。読んでくださって、ありがとうございます。愛しています。

おわりに

奥田直美

一〇年間の文章をまとめてみると、ほとんど変わらないことを言いつづけているのだなと自分で思います。一方で、もうあのときのみっちんはいないし、あのときのわたしも夫も、もういません。わたしはいま電動歯ブラシを使っていないし、お酒もまた飲むようになりました。そしてまた時間が経ったからではなく、そのときどきで、夫の書く文章に、わたしはこんなんじゃないと思ってもきました。窓越しに見えているらしい景色に驚きます。

わたしと夫では言葉へのアプローチの仕方が全然ちがうので、いびつなまとまりの一冊だと思いますが、そのいびつさがわたしたちそのものだし、いびつをいびつなままに形にできたのがうれしいです。わたしは物事を言葉ですっきり切り取りたくなるけれど、それはほんとうの姿からかけ離れることでもあると思うから。

二〇〇九年のオープン来、さまざまな時点で、さまざまなかたちでわたしたち家族を支えてくださったみなさんに感謝いたします。その時間の集積がこの本になりました。そして、いびつさをそのままに一冊にまとめてくださった、岩波書店の渡部朝香さんに感謝いたします。

わたしたちはこれからも、日々形を変えていく蔓のなかで生きていきます。まだ見ぬ水俣のカライモブックスで、あるいはインターネットを通じて、いろんなかたちで、いつかどこかでお会いしたいです。

奥田直美

1979年生まれ，東京で幼少期を過ごしたのち，京都府亀岡市で育つ．出版社勤務のかたわら，順平と水俣に通いはじめる．退職後二人でカライモブックスを開店．

奥田順平

1980年京都市に生まれ育つ．1998年から無職とアルバイトの反復．2006年から直美と水俣に通いはじめる．

カライモブックス

新本も売っている古本屋．2009年に京都市上京区で開店．カライモとは，南九州でのサツマイモの呼び名．作家・石牟礼道子さんの世界に惹かれて，京都から遠く不知火海に思いを馳せカライモブックスと名付ける．2019年に同じ上京区に移転．2023年に水俣市に移転予定．

さみしさは彼方—カライモブックスを生きる

2023年2月16日　第1刷発行

著　者　奥田直美《おくだなおみ》　奥田順平《おくだじゅんぺい》

発行者　坂本政謙

発行所　株式会社 岩波書店
〒101-8002 東京都千代田区一ツ橋2-5-5
電話案内 03-5210-4000
https://www.iwanami.co.jp/

印刷・三陽社　カバー・半七印刷　製本・松岳社

ISBN 978-4-00-061582-2　Printed in Japan